다른 삶

# 다른 삶

다른 삶을 살기 위해 어떤 이는 기꺼이 이방인이 된다

## Une Autre Vie

곽미성 지음

어떤
책

# 끝과 시작 사이에서 나를 찾는 일

나는 겁이 많고 소심한 사람이다. 영화 전공자답지 않게 공포영화도 잘 못 볼 뿐 아니라, 어두워지면 혼자서는 집 앞 마트에도 나가지 않는 편이다. 살면서 마주치는 크고 작은 변화 앞에서는 더욱 겁이 많다. 새로운 사람을 만나야 하거나, 새로운 일을 시작할 때도 그렇다. 자발적으로 선택한 일이라도 말이다. 너무 두렵고 긴장이 돼서 '나는 왜 또 이렇게 사서 고생인가' 한탄하기 일쑤다. 여행을 그렇게 좋아하면서도, 떠나기 전날 밤에는 늘 후회한다. 다음 날 집을 나서서 시간 맞춰 공항에 도착하고, 무사히 비행기를 타고, 새로운 지역에 도착해 숙소에 가는 일까지 머릿속으로 시뮬레이션을 돌리다 보면, 만사가 피곤해진다. '뭐하러 떠나려고 했을까, 집에 있으면 이렇게 편한데.'

어릴 때부터 그런 내가 싫었다. 타인의 시선과 실패가 두려워서 결국 아무것도 시도하지 않는 삶을 살게 될까 봐 싫었다. 익숙한 틀이 깨지는 걸 참지 못하는 주제에, 변화를 도모하지 않고 살기에는 너무 억울하다고 생각했다. 우리에게는 태어나면서부터 정해진 삶의 조건이 너무 많기 때문에. 기본적으로는 성별이 그렇고, 출생 국가와 국적, 언어, 외모, 사회의 성숙도와 시대의 안정성이 그렇다.

자신의 조건들이 마음에 드는 사람들도 있겠지만, 그렇지 않았던 나는 변화 가능한 내 삶의 조건들은 내 뜻대로 만들며 살고 싶었다. 주어진 환경을 도무지 견딜 수 없을 때, 이건 내가 원하는 삶이 아니라는 타격이 올 때 컴퓨터처럼 인생도 리셋하고 새로 시작할 수는 없을까 자주 바랐다. 여기에 소심한 천성이 문제가 되는 것이다. 하여, 변화에 대한 두려움, 익숙한 것에 안주하는 습성을 어떻게 떨치고 일어나 가능한 더 많은 일을 벌일 것인가, 이것이 내 삶의 화두다.

나답지 않은 과감함으로, 10대 후반에 나는 외국살이를 시작했다. 내 뜻대로 바꿀 수 있는 삶의 조건으로 국가와 언어를 택한 것이다. 그리하여 정착한 프랑스가 쉽지는 않았다. 이방인의 삶에는 쓸쓸할 일이 많다. 하지만 내가 끌어안은 것은 그 고독이었다. 세상과 섞이지 못하고 나만의 땅으로 침잠하는 협소한 고독이 아닌, 무엇이든 시도할 수 있어 나의 세계가 무한대로 확장되는 자유의 고독 말이다.

이 책은 다양한 끝과 시작을 담고 있으나, 결국 한 가지 이야기를 하고 있다. 다른 삶을 선택한 이후에는 고통이 따르지만, 그것은 자신을 찾아가는 고통이며, 그 끝에는 분명히 황홀함이 있으리라는 것이다.

새로운 삶을 만들어 간다는 것은, 독립적으로 개인의 삶을 산다는 의미다. 나는 개인의 삶들이 다양해질수록 세상이 섬세해지고, 우리 각자가 선택할 수 있는 삶의 스펙트럼도 넓어진다고 믿는다.

당신이 두려움을 다스리고 황홀한 고통을 기꺼이 즐길 수 있도록 이 책이 용기를 줄 수 있다면 좋겠다. 세상의 많은 책들이 나를 일으켜 세웠던 것처럼.

# 차례

# 1 모국어의 세계를 떠난다는 것

*Quitter le monde de
sa langue
maternelle*

# 2  오랜 집을 떠나다

*Quitter le vieux
foyer*

# 3 시작하는 사람들

*Les gens qui commencent*

# 1

모국어의 세계를
떠난다는 것

*Quitter le monde de*
*sa langue*
*maternelle*

# 목요일의 아이

*L'enfant
du Jeudi*

"목요일에 태어난 아이는 먼 길을 떠난다."

10년 전 책을 읽다가 알게 된 영국 전래동요의 한 구절이다. 책 제목은 기억나지 않는데, 그 구절을 보자마자 서둘러 내가 태어난 요일을 찾아보고는 가슴이 철렁 내려앉았었다. 나는 목요일에 태어난 아이였다. 그냥 받아들일 수가 없어 지인들이 태어난 요일도 찾아보았다. 우연이겠지만, 목요일에 태어난 사람은 유일하게 외국생활 중인 나뿐이었다.

나는 한국에서 태어나 자랐으나, 지난 20년 동안 한 달 이상 한국에 머물러 본 일이 거의 없이 대부분의 인생을 프랑스에서 보냈다. 스무 살이 채 되기 전 공부를 위해 프랑스에 온 것이 시작이었다. 그때는 이렇게까지 오랜 기간을 머물게 될 줄 몰랐다. 어학연수와 학사, 석사까지 5~7년 정도 머물지 않을까 짐작했었다. 유학기간이 길어진 건 예상치 못한 변수들 때문이었다. 생각보다 내가 공부 욕심이 많은 사람인 탓도 있었고, 학교를 바꾸며 새로 만난 교수와 좋은 관계를 맺지 못한 탓도 있었다.

프랑스에 온 지 10년쯤 됐을 때, 미국발 경제위기가 낳은 환율 폭등으로 영구 귀국을 고민할 기회가 있었다. 친했던 친구들은 모두 학위를 받고 귀국했고, 나도 마침 지지부진하던 논문을 마친 상태였다. 하지만 나는 당시 남자친구였던 남편과 헤어지고 싶지 않았다. 그래서 취직을 했다. 또다시 10년이 흘렀다. 목요일에 태어난 아이는, 집으로 돌아가지 않았다.

2016년에 첫 책을 낸 뒤로 한국에 다녀올 일이 많았다. 내가 쓴 글을 읽은 사람들이 있다는 사실만으로 신이 나서, 휴가만 생기면 자진해서 달려갔다. 오래 다닌 직장을 퇴사했던 2018년에는 마침 두 번째 책 마감이 겹쳐서 거의 두 달을 머물다가 왔다.

서울에서는 늘 바쁘다. 점심, 저녁 두 번의 식사에 때로는 그 사이 티타임까지, 하루 세 번의 약속으로 밤늦게까지 온종일 사람들을 만난다. 그렇게 열심히 만나도 한 번으로는 부족한 만남이 있고, 몇 번을 만나도 헤어짐이 아쉬워 마지막 하루까지 또 약속을 잡는 관계도 있다. 이번에 헤어지면 살면서 다시 볼 수 없을지도 모른다는 생각에 혼자 애달픈 순간들도 자주 있다. 그렇게 생각하면 한국은 내가 돌아갈 곳, 내 집인 것이 맞다.

그럼에도 한국은 내게 쓸쓸한 나라다. 한국에서 나는 몸에 딱 맞는 온도의 물속에 들어간 듯 안락하지만, 전 세계 그 어느 곳에서보다 서러운 객(客)이 되기도 한다. 직장, 육아, 시댁, 남편 얘기로 친구들과의 수다가 깊어지다가 나의 모든 말 앞에 "프랑스에서는"이 붙기 시작하고 친구들의 모든 대답이 "한국에서는 그래"로 마무리될 때, 이국에서 온 나의 생각들이 물정 모르는 것이 될 때, 가족들과 대화하다가 "너는 이제 금방 가잖아", "누나는 떠나 버리면 그만이잖아" 혹은 "그래도 너는 프랑스에 살잖아" 같은 말을 듣게 될 때, 세월과 함께 쌓인 원망과 그리움, 체념 들이 공기 속을 떠돌 때.

어떤 다정한 하루의 끝, 모두가 각자의 집으로 돌아간 뒤 어둠이 내려앉은 서울의 야경 앞에 서서 내가 지금 뭘 하고 있는 거지, 하는 기분에 사로잡히곤 한다. 그럴 때면 어김없이 샌드라 불럭이 떠오른다. 영화 〈그래비티〉 속 우주 미아가 된 샌드라 불럭이.

"이것이 진정한 우주 재앙이다"라는 카피가 무색하도록 한 시간 반이 넘게 샌드라 불럭의 건조한 숨소리만이 귓가에 스며

드는 영화 〈그래비티〉. 오래전 사고로 어린 딸을 잃은 영화 속 샌드라 불럭은 한동안 회사와 집만을 영혼 없이 부유하다가, 말 그대로 중력이 존재하지 않아 새처럼 가벼워지는 우주에 자진해서 왔다. 2013년 파리의 한 대형 극장에서 3D 안경을 끼고 영화 속 광활한 우주를 체험하다가 문득 생각했었다. 무중력 우주가 별게 아니지 않을까, 나를 끌어당기는 힘이 없으면 그게 지구 밖이고 무중력인 게 아닐까.

　두 번째 책 《외로워서 배고픈 사람들의 식탁》이 출간되고 얼마 후, 한 매체의 신간 소개 기사를 읽다가 한참을 골똘해진 적이 있다. 중요하게 소개되면 좋겠다고 바랐던 부분들을 잘 노출시켜 준 고마운 기사였는데, 글쓴이 소개 부분 때문이었다. 기사에는 "18년 동안 프랑스에 살며 프랑스인이 되어 버린 작가"라고 쓰여 있었다. 국적을 바꿨다는 의미가 아니라면 프랑스인이 된다는 건 뭘까? 프랑스인이 "됐다"가 아닌 "되어 버렸다"는 것은 무슨 의미일까?

　쓸쓸함은 그 차이에서 온다. 내 마음속에서는 늘 내 집으로 남아 있는 한국이지만, 나는 점점 그곳 사람이 되지 못하고 멀어진다. 프랑스에서도 마찬가지다. 내가 살고 있는 집이 있고, 내가 다니고 있는 직장도 있는 프랑스지만, 그곳에서 나는 더욱더

외부인이다. 당장 국경의 입구에서부터 그렇다. 유럽인과 그 외 지역 사람들을 나누는 입국심사장에서 남편은 줄도 짧고 심사 과정도 간편한 쪽으로 빠져나가지만, 나는 수많은 외국인 관광 객들 뒤로 긴긴 줄을 서야 한다. 내가 프랑스인이 아님을 간단히 깨닫는 시간이다.

프랑스에서는 아시아 이민자가 중요한 비중을 차지하지 않 는다. 아시아인을 보면서 그가 프랑스인일 가능성을 떠올리는 사람은 거의 없다. 그들의 머릿속에 아시아인은 기본적으로 외 국인이고, 나는 '기특하게도' 프랑스어를 잘하는 외국인이다. 그건 내가 국적을 바꿔 공식적인 프랑스인이 된다 해도 마찬가 지일 것이다.

상점에서 물건을 사려고 줄을 서서 기다릴 때, 내 차례가 되 면 점원의 얼굴엔 부담감이 어린다. 내가 영어만 하는 외국인일 까 봐 그렇다. 오랜 프랑스인 친구들도 나를 언제나 '한국인 친 구'로 여겼을 것이다. 지난 20여 년 동안 나는 스스로에게도 늘 한국인이었고, 외국인이었다.


"프랑스인이 되어 버렸다"는 말을 다시 생각해 본다. 프랑스 가 한국보다 편할 때가 많다는 건 분명하다. 한국에서의 안락함 이 어린 시절부터 별다른 노력 없이 체화된 모국어 문화에서 기인한다면, 프랑스에서의 안락함은 언어를 제외한 사회문화적인 부분에서 온다. 20대부터 30대까지 후천적으로 형성된 세계관과 문화적 관심사는 프랑스 사람들과 나누는 것이 익숙하고 편안하다. 아무리 프랑스어가 편해져도 한국어만큼 말하고 읽는 데 자유로울 수가 없듯이, 아무리 한국이 고향 같다 해도 내 진짜 생각을 말하는 일은 프랑스 사람들과의 자리에서 더욱 자유롭다.

나는 어디에도 정착하지 못하는, 혹은 어디에 정착해야 할지 모르는 미아가 된 걸까? 매번 어디에서나 불시착이라고 느끼는 사람인 걸까? 누군가는 아이를 낳으면 달라질 거라고 하는데, 아이를 낳지 않는다면 평생을 부유하는 마음으로 살게 될까? 어쩌면 나는 프랑스와 한국의 영토와 국경, 국적으로는 정리되지 않는 새로운 정체성의 존재가 "되어 버린" 것이 아닐까?

아이를 낳아도 평생 부유하며 살 수 있고, 낳지 않아도 뿌리내릴 수 있다. 마음먹기에 따라서는 함께 사는 프랑스인 남편이나 고양이에게 중력을 느낄 수도 있다. 반대로 한국의 모든 가족과 지인들에 의지해 누가 뭐래도 나는 한국인이야, 하며 살 수도 있다. 중력은 어디에서나 만들 수 있다. 중력은 남들이 나를 끌어당겨야 만들어지는 남의 일이 아니라, 내 마음의 일이기도 하다. 이제야 알게 된다. 그러니까 목요일의 아이는 멀리 떠나, 본인이

중력을 스스로 만들고 조절하며 살아야 하는 운명인 것이다.


　나의 엄마는 평생을 부모와 한 도시에서 살았다. 할머니는 일흔이 넘어서도 걸어서 10분 거리에 사는 엄마에게 김치를 가져다주고 반찬을 나눠 주었다. 지척에 사이좋은 부모형제가 있어 교류하며 사는, 가족드라마 같은 엄마의 일상 풍경이 가끔 부러울 때가 있다. 그리고 종종 궁금해진다. 목요일의 아이와 목요일에 아이를 낳은 엄마 중 누구의 마음이 더 쓸쓸할까, 하고.

# 서로 다른 국적의 연인들

*Les amants d'ailleurs*

우리 집의 공식 언어는 프랑스어다. 남편과 처음 만난 것이 파리 유학생 시절이었으므로 자연스럽게 우리의 언어도 프랑스어가 됐고, 다른 언어가 끼어들 틈이 없었다. 가끔 시부모님을 비롯해 주변 사람들이 남편에게 한국어를 가르치려면 둘 사이에 프랑스어를 금지해야 한다고 조언을 주지만, 내가 답답해서 그러지 못했다.

프랑스에 만연한 문화우월주의와 제국주의 사고방식에 치를 떠는 남편은 외국인 아내의 모국어를 구사하지 못하는 것을 부끄러워했다. 몇 차례 프랑스 한국문화원에서 개설한 한국어 강좌에도 등록했으나, 결국 학생 시절엔 수업 과제들을, 졸업해서는 먹고사는 일을 감당하느라 글자를 쓰고 발음하는 법, 간단한 대화와 단어들만 간신히 익혔다.

내게는 프랑스어가 외국어지만, 적어도 이 관계에서 불편함은 없다. 연애 기간까지 15년을 겪다 보니, 말이 끝나기도 전에 이미 표정과 어투로 서로의 정확한 의중을 파악할 수 있고, 때에 따라 복화술도 가능한 사이가 됐으니까.

그럼에도 나는 종종 한국인 연인들이 부럽다. 정확히 말하면 한국어가 모국어인 사람들끼리의 연애가 부럽다. 모국어는 머리가 아닌 몸으로 감각할 수 있는 언어다. 예를 들면, 그들은 '서운한' 마음을 그대로 표현할 수 있는 사이다. 나는 '서운하다'는 한국어 단어를 알고 있으므로 서운하다는 감정을 느끼지만, 프랑스어에서는 그 마음을 그대로 표현할 수 있는 단어를 찾지 못했다. 서운함은 남편과의 관계에서는 없는 감정이 됐다.

남편은 가끔 한국어로 내게 마음을 표현한다. 내게 더 가닿기를 바라는 마음에서지만, 그가 말한 단어는 소통되지 않는 언어로 남는다. 나는 그의 마음이 "쥬땜Je t'aime"과 닮았지, "사랑한다"와 닮은 것이 아님을 안다. 영어가 익숙하지 않은 사람에게 "죄송하다"의 마음이 "쏘리sorry"와 닮지 않았듯이, 나의 모국어는 그에게 하나의 소리에 지나지 않을 것이고, 우리에게는 그렇게 영영 말해질 수 없는 마음들이 많이 있다.

　우리는 내가 프랑스어를 잘 못하던 시절에 만났다. 남편은 글을 잘 쓰기로 학교에서 유명했고, 나는 그의 글에 자주 사로잡혔다. 그는 내가 한국에 돌아가 있는 여름방학 동안 자주 메일을 보내왔다. 나는 덥고 습한 한국의 여름 한낮에 동생의 컴퓨터 앞에 앉아 그의 메일을 읽었다. 건조한 파리의 여름밤에 책상에 앉아 글을 썼을 그를 생각하며 읽다가, 가끔씩 숨을 죽였다. 한번은, 나에게서 보았던 모습들, 바람에 머리가 날리면 살짝 드러나던 목덜미, 무심코 고개를 돌리며 눈이 마주치면 웃던 미소, 입꼬리의 주름, 무언가에 집중할 때 나도 모르게 내던 숨소리 같은 것들을 길게 묘사해 놓고 "이 모든 순간들이 다 그립다"고 그가 메일에 썼다.

　단어를 찾고, 맥락을 파악할 시간이 주어지니, 메일로 소통하기가 더 좋았다. 그러나 대화는 어땠을까. 그 시절 우리는 어떻게 대화하며 서로에게 빠져들었던 걸까.

　그의 섬세하고 정확한 말들은 세상에서 가장 엉성한 체로 걸러져 내 머릿속에 단순하고 직접적인 몇 개의 단어로만 전달되었을 것이다. 나는 자주 되물었을 것이고, 그는 내가 잘못 알아들었음을 자주 알아챘을 것이다. 나의 말들은 두서없이 뒤죽박죽이거나 한국식으로 직역한 프랑스어 표현으로 거칠었을 것이다. 그는 몇 번을 다시 얘기해야 했음에도, 말 모르는 아기에게 이야기하듯 말하지 않았다. 몇 번이고 마치 처음 이야기하는 것처럼 자연스럽게 이야기했다. 내가 프랑스어를 빨리 배웠다면 그 덕분일 것이다.

나는 자주 두려웠다. 내가 이해한 것이 맞는지, 이 사람은 내가 이해한 그 사람이 맞는지 확신이 없었다. 언젠가 내가 그의 모든 말들을 다 알아듣게 되었을 때, 내가 생각했던 사람이 아님을 뒤늦게 깨달으면 어쩌나 두려웠다.


함께 살게 되면서, 나는 조금씩 우리 두 사람만의 단어를 만들기 시작했다. 프랑스어도 한국어도 아닌 새로운 언어를, 세상의 모든 연인들처럼 둘만의 암호를 만들어 냈다. 그 어느 나라의 것도 아닌 두 사람만의 언어에서 나는 묘한 해방감을 느꼈다. 우리가 드디어 국경으로 제한되지 않는 우리만의 영토에 있다는 느낌이, 드디어 각자의 모국어에서 자유로워졌다는 기분이 들었다. 이렇게 써 놓으니 정말 소통 가능한 언어를 발명한 것처럼 들린다. 사실은 단어 몇 개를 새로 만든 수준이다. "마르미", "플로플로" 같은 의미 없는 소리들에 의미를 담았고, 원래 있는 단어를 다른 의미로 바꾸기도 했다. '우아조oiseau'는 프랑스어로 '새'라는 뜻이지만, 어느 날부터 우리 사이에선 '베개'를 지칭하게 됐다. 본래 베개를 지칭하는 프랑스어 단어 '오레이예oreiller'

보다 우아조가 더 어울린다는 나만의 느낌도 있었고, 그야말로 완벽하게 각자의 세계, 잠 속으로 '날아가는 일'에 필요한 물건이니 말이다.

우리만의 단어는 수년째 계속해서 확장되고 있지만 다른 곳에서는 쓰임이 없기에, 한 사람만 잊어도 아무 의미 없는 소음이 되어 울릴 것이다.

프랑스 배우 장 루이 트랑티냥Jean-Louis Trintignant은 내가 아는 가장 우아한 남자 노인이다. 프랑스 사람들은 유명 배우였던 그의 딸이 역시 유명 가수였던 사위에게 살해당한 비극적인 그의 가정사를 알고 있다. 그 사건이 있던 밤, 장 루이 트랑티냥이 연극무대에 서야 했고, 소식을 듣고도 그날의 공연을 다 마쳤다는 일화도 유명하다. 나는 종종 엄격함과 자비로움, 생의 고통으로 형형한 그의 눈빛이 담긴 사진을 예술작품처럼 오래도록 바라본다.

2012년 칸영화제에서 황금종려상을 받은 미하엘 하네케Michael Haneke 감독의 영화 〈아무르〉에서 그는 치매에 걸린 부인을 돌보는 노인의 일상을 연기했다. 자존심 강하고 단정한 여인에서 병에 걸려 정신을 모두 놓아 버린 여인이 되는 역할은 영화 〈히로시마 내 사랑〉의 엠마누엘 리바Emmanuelle Riva가 연기했다. 엠마누

엘 리바는 연기력만으로도 훌륭한 배우지만, 〈히로시마 내 사랑〉
이 인간의 불완전성과 기억에 관한 이야기였음을 떠올리면 절묘
한 캐스팅이다.

영화는 치매에 걸린 노부부의 일상을 보여 준다. 아내의 병이
깊어질수록 둘 간의 소통은 불가능하고, 남편은 아내에게 무엇
이 필요한지, 어디가 불편한지 알 수 없어진다. 영화의 마지막 부
분에, 마치 다시 아기가 된 듯 알 수 없는 소리만 지르는 부인을
보며 장 루이 트랑티냥이 "이야기 하나 해 줄까?" 하며 독백을
시작하는 장면이 있다. 그는 어린 시절 어느 여름방학 때 이야기
를 한다.

열 살 무렵, 그는 몇 주간 캠핑을 가게 된다. 숲으로 둘러싸
인 어느 성에서 지내야 했는데, 우편으로만 소통할 수 있어 그
는 어머니와 약속을 했다. 캠핑 생활이 즐겁다면 엽서에 꽃을
그려 보내고, 힘들면 별을 그려 보내기로. 좋아하지 않는 프로
그램과 식단을 따라야 하는 군대 같은 생활이 그는 너무 힘들었
고, 어머니는 늘 별로 뒤덮인 엽서를 받게 된다. 급기야 그는 병
에 걸려 병원에 입원하기에 이르고, 어머니가 뒤늦게 달려왔지
만, 말을 할 수 없도록 격리된 병실의 창밖에서 손으로 신호를
보내야 했다는 이야기다.

그의 긴긴 독백이 끝났을 때 아내는 괴성을 멈추고 어느덧 숨

소리만을 내고 있다. 아내는 그의 이야기를 듣고 있었을까?

　나는 가끔 이 노인의 마음을 생각한다. 언어로 소통하는 일이 불가능해진 상황에서, 아내가 지금의 치욕스러운 삶에서 구해 달라고, 혹은 제발 자신의 삶을 끝내 달라고 자신에게 말하고 싶은 것은 아닐까, 그는 얼마나 확인하고 싶었을까. 아내가 지르는 소리 안에 수백, 수천 개의 별들이 들어 있는 것은 아닐까, 하고 얼마나 두려웠을 것인가. 그는 도무지 어떻게도 도움을 요청할 수 없어서 엽서에 별만 잔뜩 그려 넣던 어린 시절 자신의 마음을, 그리고 뒤늦게 달려왔으나 창을 사이에 두고 수신호만으로 의미를 전달해야 했던 엄마의 마음을 떠올렸을 것이다.

　아, 삶은 겹겹이 고비다. 오지 않은 일을 미리 걱정하는 사람에게는 특히 그렇다. 나는 노년의 기억력 감퇴로 후천적으로 익힌 프랑스어를 완전히 잊어 남편과 소통이 불가능해질까 봐 두렵다. 치매에 걸린 노인에게 한국어가, 프랑스어가 무슨 의미가 있겠는가 싶지만 그럼에도, 세상과 도저히 소통이 불가능한 순간에 최소한 별이라도 그려 보여 줄 수 있는 이성이 허락되면 좋겠고, 내가 그린 별을 보고 내 마음을 헤아리는 마지막 한 사람이 있으면 좋겠다. 이런 나의 조바심이 모국어가 아닌 언어로 살아가는 이의 한낱 기우에 불과하기를 간절히 바란다.

# 제1세계의 사람들

*Les favoris*

세상에는 평생 외국어를 배울 필요를 느끼지 못하고 사는 사람들도 있다. 소위 '제1세계'에 속하는 서방국가의 사람들, 그중에서도 미국인들이 가장 그럴 것이다. 나의 모국어가 전 세계 공용어라는 것은, 비단 전 세계 사람들과 큰 노력 없이 소통할 수 있다는 의미만이 아니다. 세상의 기준이 내가 사는 세계에 맞추어져 있다는 뜻이고, 그건 곧 내가 세상의 중심에서 살고 있다는 의미다. 상상만 해도 기분이 좋아지지 않는가?

세상의 중심에서 태어나 그게 당연한 사람의 마인드는 당연히 변방에서 평생을 살아온 사람과는 다르다. 내가 본 몇 명의 사람들도 그랬다. 프랑스어 어학연수 시절에 만났던 미국인 고등학생들은 처음 만나는 모든 외국인에게 "너희 나라에도 맥도

날드가 있니?"라고 물었다. 맥도날드를 먹을 수 없는 나라라면 관심 두지 않겠다는 의미인지, 고향의 맛을 이야기하고 싶었는지 모르겠지만, 미국인이기 때문에 가능한 질문이었다.

얼마 전 여행 간 뉴욕에서 택시기사와 나눈 대화도 잊히지 않는다. 프랑스에서 왔다는 우리 부부와 유럽에 관한 이야기를 나누다가 그는 프랑스와 독일 사이가 안 좋지 않냐고 물었고, 내가 뜸을 들이자 덧붙였다.

"프랑스랑 독일이 옛날에 전쟁을 했던 건 알죠?"

그 질문을 듣고 순간 당황했다. 혹시 2차 세계대전을 아냐고 묻는 것인가? 설마 농담이겠거니 했는데 그의 표정을 보니 아니었다.

나중에 미국에서 오래 산 지인이 답을 주었다. 미국 사람은 학교에서 미국 이외의 역사를 거의 배우지 않고, 그러니 다른 나라 사람들도 다른 나라 역사를 잘 모를 수 있다 넘겨짚었을 거라고.

내가 사는 나라가 세계의 중심이라는 건 이런 게 아닐까? 담 너머의 사정을 아는 일이 특별한 일이 되는 것.

미국 이야기를 대표로 했지만, 프랑스라고 해서 대단히 다르지는 않다. 아니, 조금 다르긴 하다. 국경만 넘으면 바로 다른 언어를 구사하는 국가들과 근접해 있고, 그런 국가들이 모여 유럽이라는 공동체를 이루고 있으니 다를 수밖에 없다. 아마도 프랑스의 고등학생들은 처음 보는 한국인에게 "한국에서도 바게트를 먹니?" 같은 질문은 하지 않을 것이다. 한국에서 가장 유명한 빵집의 이름에 '바게트'가 들어간다는 사실을 재미있어할 수는 있겠다.

그러나 나와 같은 외국인들은 자주 느낄 수 있다. 자국중심주의와 우월의식으로 변방의 세계를 내려다보는 태도는 프랑스인도 마찬가지라는 것을. 다만 이를 입증하기가 쉽지 않을 뿐이다. 같은 프랑스 식당인데 한국인들과 갈 때와 프랑스인들과 갈 때 종업원의 태도가 교묘하게 다르지만, 심증만 있고 물증은 잡을 수 없는 경우와 같다. 나는 오랫동안 이런 느낌이 외국살이에 따르는 당연한 설움이라고 생각해 왔다. 누구나 외국에 살면, 소수자가 되면, 그런 억울한 느낌을 가질 수밖에 없다고.

외국에서 왔다고 해서 누구나 소수자로 무시당하지는 않는다는 사실, 소수자도 소수자 나름이라는 사실을 깨달은 것은 한국에서였다. 결혼 전, 남편과 내가 모두 학생이었을 때다. 여름방학을 맞아 귀국해 있는데, 남자친구였던 남편이 한국에 여행을 왔다. 그는 한국어를 못 했고, 한국은 그때까지만 해도 서울의 몇몇 관광지를 제외하면 한글을 모르는 외국인이 여행하기 쉽지 않은 곳이었다. 나는 좀 신이 났었다. 프랑스에서는 일방적으로 도움을 받기만 했었는데 한국에서는 반대가 된다는 생각에, 그도 내 외국생활의 고단함을 피부로 느끼고 나를 좀 더 이해하겠구나 하는 생각에, 설레기까지 했다.

결론부터 말하자면, 기대한 일은 일어나지 않았다. 프랑스에서의 한국인과 한국에서의 프랑스인은 같은 외국인이 아니었다. 그는 프랑스에서의 나만큼 주눅 들거나 서러울 새가 없었다. 프랑스에서 온 백인 남성에게 한국 사람들은 너무나 친절했다. 그는 무시당하기는커녕, 누구에게나 큰 환영을 받았다. 옆에서 보기에 부당하다 느껴질 만큼 과도한 호의와 친절이어서, 때로는 그만 친절해 달라고 사람들을 말리고 싶을 지경이었다. 식당에 가면 음식이 조금만 매워도 사람들이 괜찮냐며 그를 걱정해 주었고, 어눌한 한국말에 환한 웃음으로 화답해 주었다. 영어가 서툰 사람들은 미안해했고, 모두가 그 어떤 도움이든 베풀고 싶어 했다. 심지어 동네 초등학생들까지 남자친구와 엘리베이터를 타면 몇 층까지 가냐고 미소를 건네며 물어봐 주었다.

그 모습을 곁에서 지켜보며 피부로 느꼈다. 제1세계 국민으로, 그것도 백인 남자로 산다는 건 이런 거구나. 이들은 세상의 호의를 이렇게 당연하게 체화하겠구나. 이들이 사는 세상은 근본적으로 나의 세상과 다르구나. 충격이었다.

그런데 이들의 세상은 그만큼 견고한가? 그 세계가 무너지거나, 그 세계에서 벗어나게 되는 순간이 온다면 어떨까?

　출장차 프랑스 남부 해안도시 니스에 며칠 머문 적이 있다. 해변의 산책로에서 80명 이상의 시민을 죽음으로 몰고 간 테러가 일어났고, 이를 취재하기 위해 급하게 새벽 비행기를 탔다. 다음 날 아침까지 현장에 도착해야 한다는 의무감으로 좌석이 나기를 기다리며 밤새 공항에서 진을 치다가 가까스로 도착한 터라, 어떻게 그 호텔에 묵게 됐는지는 잘 기억이 나지 않는다. 아담한 3성 호텔이었는데, 우리를 맞아 준 미국인이 프랑스어를 잘했다. 미국식 영어 악센트가 강했지만, 프랑스어를 잘한다는 칭찬이 무색할 정도로 유창했다.

　정신없이 첫날을 보내고, 이튿날 오후가 됐을 때 엄청난 두통이 밀려왔다. 차곡차곡 쌓인 긴장감과 슬픔, 피로가 육체적으로 터져 나오는 것 같았다. 일요일이었고, 문을 연 약국을 찾기가 힘들 것 같아서 리셉션에 갔다. 프랑스어를 잘하는 미국인이 홀로 자리를 지키고 있었다. 테러의 전말, 실의에 빠진 도시 분위기 등 이야기를 주고받다가 일요일에도 영업을 하는 가장 가까운 약국을 문의했다. 그는 걸어가기엔 좀 멀다며 난감한 표정을 지었는데, 그래도 도저히 참을 수 있는 수준의 두통이 아니어서 다녀오겠다고 했다. 상호명을 몰라서 지도 검색은 불가능했고,

가는 길은 매우 복잡하고 길었다.

우리는 프랑스어로 대화하고 있었고, 길 설명이 정확치 않아서, 혹은 나의 이해력이 부족해서 대화는 길어졌다. 그런데 그 대화의 어디쯤에서, 그가 갑자기 짜증을 내기 시작했다. 동시에 프랑스어를 더듬거렸다. 어느 순간부터는 프랑스어를 그만두고 영어로 말을 했다. 그 모습을 보며 이상한 오기가 생겼다. 그의 갑작스러운 짜증에 나도 좀 빈정이 상했고 무엇보다 모든 사람이 당연히 영어는 잘해야 한다는 전제가 싫었다. 우리는 프랑스에서 만난 사이이고, 두 사람 모두에게 외국어인 프랑스어를 사용하는 게 더 공정한데 왜 짜증을 내는가. 나도 프랑스어보다는 한국어가 편한데, 갑자기 한국어로 말해도 되는 건가?

나는 끝까지 프랑스어로 말했고, 그는 결국 얼굴까지 붉히며 짜증 섞인 영어로 대꾸했다. 그 후로 며칠 동안 그는 나와 마주칠 때마다 누구라도 눈치 챌 수 있을 만큼 불쾌함을 표시했다.

그는 왜 그렇게 내가 미웠을까? 살면서 언어적 열위에 서 본 일이 좀처럼 없었던 걸까? 아니면 그 상대가 프랑스인이 아닌 아시아 여성이었기 때문인가? 외국에 살고 있으면서 그는 왜 여전히 언어적 약자가 되는 일에 화를 내는 걸까? 그깟 외국어, 잘 못할 수도 있지, 그게 뭐라고, 얼굴을 붉히면서까지 나약함을 드러낼 일인가?

어쩌면 프랑스어가 문제가 아니고, 나의 어떤 태도가 그를 불쾌하게 만들었는지도 모르겠으나, 사람은 각자의 눈높이에서 세상을 인식하는 법이다. 나는 그를 나의 변두리 세계관으로 끌어와 헤아려 보았다. 나와 같은 변방의 사람들은 절대 무너지지 않을 상황에서, 우리에게는 별것 아닌 이유로 그들은 쉽게 포기하고 스스로를 놓아 버릴 수도 있겠다는 생각이 들었다. 그리고 또 너무나 쉽게 그 잘못을 타인에게 돌릴 수 있겠다고.

외국어를 배우고, 나의 것과는 완전히 다른 세계가 있음을 당연하게 받아들이고, 그것을 이해하려고 노력해 온 이들은 늘 변방의 사람들이었다. 우리는 외국인과의 소통이 쉽지 않다고, 말이 잘 안 통한다고 이를 상대의 탓으로 돌리지 않는다. 영어를, 프랑스어를 못하는 본인 탓이라고 여기며 어떻게든 소통을 위해 노력한다. 변방에서 치열하게 일어서 본 경험이 있는 사람들은 상황이 내 중심으로 돌아가지 않을 때, 전혀 익숙하지 않은 문화에서 모르는 언어로 무언가를 이루어 나가야 할 때, 쉽게 포기하지 않을 것이다. 그런 모든 상황을 예민하게 감지해 나가며 목적에 이르는 정신적 힘을 갖추게 될 것이다. 정신승리라 할 수도 있겠지만, 힘든 변방인의 삶에도 이런 강점은 있어야 좀 덜 억울하겠다.

세상은 제1세계의 논리와 문화를 중심으로 구성되고, 그 영향은 우리 삶의 구석구석에 스민다. 비록 그 앞에서 우리는 무력하기 쉽지만, 그들의 특권과 차별을 의식하고 이야기하는 일은 그럼에도 의미가 있다.

# 마리아와 네 살 수준의 프랑스어

*Maria et mon français*
*d'enfant de quatre ans*

그때 내게 프랑스 사람은 두 부류로 나뉘었다. 알아듣기 쉬운 발음으로 또박또박 이야기하는 사람과 알 수 없는 발음을 하는 사람. 약 10개월의 어학연수를 마치고 입학한 학교에는 스무 살이 채 안 된 프랑스 청년들이 있었고, 그들은 대부분 후자에 가까웠다. 입을 최소한으로 벌려 뭉개진 발음을 하면서 주로 은어와 약어를 쓰는 아이들이었다. 늑대소년처럼 네 살 어린아이 수준의 프랑스어를 할 수 있는 채로 정글에 던져져, 나는 비속어 섞인 그들의 언어를 정통 프랑스어인 것처럼 습득했다. 그들은 내게 따로 언어교육을 해 주지 않았으므로 그야말로 어린아이처럼, 감각에 의지해 알아서 깨닫고 배워야 했다. 못 알아들으면 자연스럽게 도태됐고, 표현하지 못하면 무시당했다.

영화학교에는 좀 비극적인 특징이 있다. 인문학, 자연과학과 같은 기초학문과 달리 영화를 배우러 오는 학생들은 모두 졸업 후의 직업에 뚜렷한 비전을 이미 가지고 있다. 내 영화를 만들거나 영화 만드는 일에 참여하겠다는 비전이다. 그러나 의대에 들어가면 대부분 의사가 되는 것과 달리, 영화학교를 나와 영화 일을 하는 사람은 소수다. 영화학교 학생들은 그 사실 또한 알고 있다. 워낙 대자본이 투여되는 산업이라 자기 작품을 제작하기가 쉽지 않고 경쟁이 심한 탓이다. 그만큼 좁은 문임을 알지만, 통과하는 사람은 늘 있고, 우리 모두는 그게 자신이기를 바랐다.

경쟁은 학교에서부터였다. 오슨 웰스Orson Welles가 되지 못하면, 즉 스물다섯 살에 영화를 내놓고 천재성을 인정받지 못하면 망한 인생 같았다. 인생은 생각보다 길고, 초반에 무언가를 이루더라도 그게 끝이 아닌 장거리 마라톤의 시작이라는 것을 안다면 스무 살이 아니니까.

조별로 함께하는 프로젝트에서는 연출, 시나리오와 같이 비중 있는 역할을 맡기 위한 경쟁이 치열했다. 네 살 수준의 프랑스어를 구사하는 내가, 대입시험으로 철학 논술을 보고 입학한 아이들을 프랑스어로 설득하기는 불가능했다. 같은 조 친구들은 서로를 설득해 더 많은 표를 차지하기 위해 열띤 토론을 벌였지만, 나는 그 토론의 흐름을 따라가기도 힘들었다. 내가 설 자리는 그저 변방이었다. 준비한 작업에 대해서는 말도 꺼내 보지 못하고 마음만 종종거리던 나날이었다. 그 마음의 곡절을 어떻게 다 이야기할 수 있을까.

문제는 그 상태가 시종일관 이어졌다는 거다. 누군가가 주도하기를 기다리는 조용한 관찰자의 태도가 나도 모르게 익숙해졌다. 프랑스에서 가만히 듣기만 하는 사람은 평가절하된다는 것을 알면서도 내가 그렇게 되어 가고 있음은 자각하지 못했다. 그런 중에 그녀가 찾아왔다.


내가 다니던 학교에는 외국인이 매우 적은 편이었지만, 그래도 모두가 프랑스인은 아니었다. 콜롬비아 출신 학생이 두 명 있었는데, 그중 마리아가 나의 패배주의적인 태도에 큰 변화의 계기를 가져다주었다. 콜롬비아에서 학부를 졸업하고 전공을 바꿔 유학을 왔다는 마리아는 이미 프랑스어를 잘했다. 강한 스페인어 악센트가 없었다면 프랑스인인 줄 알 만큼, 겉으로는 전혀 외국인 같지 않았다. 마리아는 언제나 자신감이 넘쳐 보였다.

1학년 2학기, 같은 조에 편성돼 사진 디아포라마diaporama 작업을 하게 됐을 때였다. 몇 번의 조 회의를 거치고 난 어느 날, 마리아가 수업 후에 잠깐 얘기를 하자고 했다. 전교생 중 나와 가장 친해질 일이 없을 것 같던 그애를 어리둥절하게 마주 보고 앉은, 해 질 녘의 카페테리아가 생각난다. 마리아는 그동안 오래 참았다는 듯 열띤 표정으로 이야기를 쏟아 냈다.

"우리가 프랑스어는 잘 못하지만 그렇다고 해서 생각이 없는 건 아니잖아? 프랑스 애들이 말발 세고 목소리가 크다고 거기에 휩쓸리면 안 돼. 그냥 듣고만 있지 말고 네 이야기를 해야지. 네 프랑스어가 느리고 서툴다고 애들이 잘 안 들어 줘도 끝까지 말해야 해. 수업료 똑같이 내고 학교 들어왔는데 이건 너무 억울하지 않니? 힘들면 우리 외국인들끼리 돕자. 내가 네 프로젝트 이야기를 들어 줄게, 같이 얘기해 보자."

아마도 나는 당황해서 더듬거렸을 것이다. 언제나 무대의 중앙에 서 있는 것 같던 마리아가 스스로를 나와 같은 변방의 외국인 카테고리에 놓고 있다는 사실도 놀라웠지만, 무엇보다 그가 나의 상태를 나보다도 잘 파악하고 있다는 사실이 당혹스럽고 창피했다. 자꾸만 '나의 생각'을 꺼내 놓으라고 재촉하는 마리아 앞에서 나는 그동안 생각을 할 의지조차도 잃어 가고 있었음을 깨달았다.

내가 마리아의 요구대로 자신감을 갖게 되기까지는 오랜 시간이 걸렸다. 실망한 마리아와는 디아포라마 작업을 끝으로 멀어졌다. 그애가 이야기한 연대의식이 얼마나 놀라운 것인지는 시간이 한참 지난 후에 알 수 있었다.

이렇게 뒤처지는 나도 함께할 수 있다고 믿어 주는 성숙한 존재들을 학창시절 동안 여러 명 만났다. 입학 후 첫 학기에 있었던 사진실기 수업의 교수는 무뚝뚝하고 직설적인 분이었다. 일곱 명씩의 조별 수업은 빠르게 진행됐고, 수업 내내 날선 긴장감이 돌았다. 두 번째 수업을 시작할 때였다. 전 시간에 배웠던 조리개 값을 이야기하다가, 교수는 나를 지목해 F1, F1.4……로 시작하는 수치를 외워 보라 했다. 그리고 우물쭈물하는 내게 불같이 화를 내며 이 수치는 그냥 자동으로, 몸으로 외워야 하는 것이라고 소리쳤다. 이후 수업시간 동안 나는 물론 주눅 들어 있었고, 교수는 나를 곁눈으로 지켜보았을 것이다.

수업이 끝난 후 그가 나를 불렀다. 그리고 아주 미안한 표정으로 말했다. 프랑스어권 출신이 아닌 줄 몰랐다고, 화를 내서 미안하다고. 수업시간이 짧아서 긴장할 필요가 있어서 그랬다고. 그 후로 그는 조금 복잡한 단어가 있으면 칠판에 적어 주거나, 중요한 내용이 나오면 템포를 낮추어 천천히 설명했다. 이 모든 것이 그 수업의 유일한 외국인인 나를 의식해서임을 나는 알았다.

1학년 때 대강당에서 한 학년이 모두 함께 들었던 시나리오 수업의 교수도 기억난다. 수업은 재미있었지만, 프랑스어 작문이 서툰 나는 결과물을 내기가 쉽지 않았는데, 학기말 시험이 난

감했다. 주어진 두 시간 내에 두세 장 분량의 시놉시스를 써야 했다. 과제 형식으로 주어졌다면 프랑스인 친구들의 교정을 받았겠지만, 그럴 수가 없었다. 점수가 좋지 않겠구나, 체념하고 있었는데 돌려받은 답안지에 교수가 이런 메시지를 남겨 놓았다.

"내가 잘 이해한 거라면 흥미로운 내용입니다. 다만 내가 명확하게 이해한 건지 의심이 들어요. 점수를 더 받고 싶다면, 프랑스 학생들에게 부탁해서 교정을 받아 오세요. 다시 검토하겠습니다."

이런 배려들을 프랑스 친구들은 특혜라고 생각했을까? 프랑스어를 잘 못하는 것은 개인적인 사정인데 왜 더 배려받아야 하냐고, 그럴 거면 처음부터 학교에 들어오지 말았어야 한다고 생각했을까? 그 누구에게도 그런 시선을 받아 본 적은 없지만, 그건 내가 누구에게도 위협이 되지 않았기 때문일 수도 있다.

내게 그 배려들은 일종의 구명조끼 같은 거였다. 바닷속에서 익사 직전인 사람에게 생각할 겨를이 있겠는가. 우선은 잡고 보는 것이 구명조끼다. 그게 내게만 던져졌다는 사실은 나중에, 아주 나중에야 그 장면을 원거리에서 되돌려 보며 깨달았다.

한때 약자였던 경험과 당연하지 않은 배려들에 대한 감사의 마음은 내 안에 깊은 흔적을 남겼다. 내가 당연하게 여기는 능력이 누군가에게는 당연하지 않을 수 있는 가능성을 자주 상기한다. 세상에는 자신도 언젠가 약자가 될 수 있다고 생각하는 사람이 있는가 하면, 약자가 되지 않기 위해 죽을힘을 다해야 한다고 생각하는 사람이 있다. 그 차이가 세상을 가르는 본질일 수도 있다.

# 코로나19와 연결된 삶

*Le Covid19 et la vie connectée*

다큐멘터리 영화 〈아마존의 눈물〉을 10년 전쯤 한국의 극장에서 봤다. 루이스 세풀베다Luis Sepulveda의 소설 《연애소설 읽는 노인》을 막 읽은 후였다. 아마존에 살면서 연애소설을 읽는 게 유일한 즐거움인 노인과 그마저도 할 수 없도록 파괴되고 있는 자연을 그린 소설인데, 그 여운이 다 가시기 전에 우리나라 취재팀이 직접 아마존의 자연을 담아 온 이 다큐멘터리를 보게 된 것이다.

영화 속 아마존에는 사람들이 살고 있었다. 사냥을 나가야 하는데 사냥이 싫은 사람, 사랑에 빠진 사람, 외모에 특별히 신경을 쓰는 사람, 그리고 먹을 것이 고루 분배되지 않아 마음이 상한 사람과 간지럼으로 이를 달래 주는 족장이 있었다. 하지만

이보다 더 깊은 인상을 남긴 순간은 영화를 보고 나오면서 연출됐다. 우르르 쏟아져 나오는 관람객들 사이에서 누군가 이렇게 말했기 때문이다.

"저기서 안 태어나길 얼마나 다행이야. 저렇게 어떻게 살아."

잊고 있던 이 말을 다시 떠올린 것은, 2020년 2월 뉴욕에서였다. 회사 일이 잠시 줄어드는 시기에 맞춰 오랫동안 설레며 계획한 휴가였다. 베네치아와 뉴욕 사이에서 고민하다가, 마침 열 번째 결혼기념일이 끼어 있고 스케일 큰 여행은 할 수 있을 때 해야 한다는 생각에 뉴욕으로 정했다.

당시 유럽과 미국은 한 치 앞도 모르고 평화로웠다. 프랑스 대통령은 코로나바이러스에 동요하지 말고 '삶을 계속하라'며 외출을 권장했고, 뉴욕에서는 마스크를 착용하면 '돌을 맞는다'고 했다. 코로나19가 노약자에게만 위험한 독감 정도로 치부되고 있었으니 병이 무서워 여행을 취소할 생각은 없었다. 다만 두려운 것이 따로 있었다. 의료보험이 없으면 상상을 초월할 정도로 비싸다는 미국의 병원비였다. 우리는 무신경하게 거리에서 기침하는 사람들을 요리조리 피하고, 여행 내내 피부가 상하도록 손세정제를 사용하며 서로에게 주의를 주었다. 걸릴 때 걸리더라도 미국에서 걸리면 안 된다, 우리 같은 사람들은 전 재산

탕진이다, 하면서.

미국의 언론은 연일 민주당 대선 후보 경선에 나선 버니 샌더스Bernie Sanders와 조 바이든Joe Biden만을 주목하며 흥분했다. 유독 추운 뉴욕의 겨울이 끝나 가고 있었고, 거리는 들떠 있었다. 그 일주일 동안 한국에서는 사이비 종교 신자들의 '계속된 삶'으로 감염자가 급증하고 있었다. 아침저녁으로 한국의 뉴스를 확인하며 거정이 되는 한편, 확신이 들었다. 이 정도의 감염 속도라면, 미국이라고 해서 감염자가 적을 리가 없었다. 이미 바이러스가 퍼질 대로 퍼져 나가고 있을 거였다. 누가 알려 주지 않으면 병원인 줄도 모르고 지나칠 만큼 소박한 파리의 병원들과 달리, 뉴욕에는 화려한 간판이 걸린 사설 병원들이 거리거리마다 참 많았다. 그 병원들을 볼 때마다 두려움이 엄습했다.

파리 공항에 도착해 집으로 가는 차에 오르고 나서야 마음을 놓았다. 이제 아파도 되는구나, 적어도 돈이 없어서 죽지는 않겠구나. "미국에서 안 살아서 다행이야"라는 말이 나도 모르게 튀어나왔다. 말하고 나니 미국에 사는 사람들에게 미안한 마음이 들었다. 아마존이 떠올랐다.

불행히도 다행스러운 상태는 오래가지 않았다. 프랑스에 돌아옴과 거의 동시였다. 며칠 지나지 않아 프랑스 내 코로나19 감염자와 사망자가 무섭게 급증했다. 매일 저녁 보건국은 그날의 새로운 확진자 수를 발표하며 말했다. 일반인은 마스크를 쓸 필요가 없다고. 마스크는 의료진과 환자들에게만 유용하다고. 그 말은 곧 프랑스에 마스크가 없다는 의미였다. 의료진이 쓸 것도 충분치가 않은 상황이 짐작됐다.

더 충격적인 일은 이웃 나라 이탈리아에서 벌어졌다. 밀라노와 베네치아는 일찌감치 봉쇄됐고, 하루에 천여 명씩 사망자가 나왔다. 한 집 건너 한 집에 사망자가 있으리라 짐작되는 상황이었다. 햇살이 쏟아지는 인적 없는 거리에 홀로 서서 오늘 또 확진자 수가 최고치를 경신했다고 소식을 전하는 프랑스인 특파원을 보다가 목이 멨다. 뉴스를 보며 저녁식사를 하는 중에 눈물이 나는 게 민망해서 말했다. "우리 그때 베네치아 안 가길 천만다행이지. 큰일 날 뻔했다."

도대체 최악은 언제 오는지 누구도 짐작조차 하지 못했다. 마스크도, 코로나19 테스트기도 수급이 안 되자 프랑스 정부는 전 국민 이동금지 명령을 선포했다. 병원에 가거나 장을 보거나 개를 산책시키거나 하는 예외사항이 있을 때만 신고서를 들고 최대 한 시간 외출할 수 있었다. 거리는 순식간에 적막해졌다. 뉴스 채널에서는 15분에 한 번씩 정부의 알림이 나왔다.

"외출을 중지하고 집에 계십시오. 고열과 기침 등 코로나19 의심 증상이 생겨도 집에 계십시오. 증상이 극심해지면 그때 응

급번호 15번으로 전화하십시오.”

파리 종합병원의 침상이 모자라 수십 명의 파리 환자들이 매일 헬기로 지방에 이송됐다. 출산 예정일이 지난 프랑스인 친구는 병원으로부터 마스크가 모자라 산모 이외에는 들어올 수 없으니 혼자 오라는 통보를 받았다. 친구가 병원에 들어간 후 3일 동안, 남편과 부모를 비롯해 그 누구도 산모와 아이의 소식을 들을 수 없었다. 병원에 전화를 걸어도 아무도 받지 않았다. 응답을 할 만큼 여유 있는 사람이 없었기 때문이다.

세계는 한국을 주목했다. 나의 소중한 사람들이 대부분 한국에 살아서 다행이라고, 자주 안심했다. 지난 20년 동안 “너는 프랑스에 살아서 좋겠다”는 말만 듣다가, 친구와 가족 들이 한국에 있어 정말 다행이라는 생각이 드니 감격스럽기까지 했다. 이제 나만 잘 살아남으면 되겠구나 싶었다.

이만큼 정부의 존재감을 크게 느낀 적이 있던가. 프랑스에 사는지 미국에 사는지의 차이가, 이탈리아에 사는지 한국에 사는지의 차이가, 개인의 삶 전반에 이토록 직접적인 영향을 준 적이 있던가. 좌에서 우로 넓게 펼쳐진 스펙트럼 안에서 각국 정부의 철학과 비전이 이토록 선명하게 드러난 적이 있던가. 세계대전 이후로 국경을 사이에 두고 이편과 저편이 삶과 죽음으로 엇갈리는 상황을 상상이라도 해 본 적이 있던가.

아이러니하게도, 국경의 존재와 위력을 그 어느 때보다 체감하는 지금, 우리는 또한 그 어느 때보다도 서로 연결되어 있다. 2020년 2월 초 프랑스 정부는 '프랑스에는 바이러스가 없다'고 공식 발표하며 국민들을 안심시키려 했지만, 그때는 이미 한 영국인이 싱가포르에서 열린 국제학회를 마치고 고국으로 돌아가는 길에, 프랑스 알프스에서 스키 바캉스를 즐기고 있던 친구들을 방문한 후였다. 알프스의 작은 마을에 확진자가 급증하기 시작했다. 산속의 노인들은, 저 멀리 싱가포르에서 날아온 바이러스로 생을 마감하게 될 거라고는 예상하지 못했을 것이다.

유럽의 수많은 기업들은 아시아에 공장을 두고 있으며, 관계자들은 한 해에도 수차례 출장을 다녀온다. 방학이 되면 전 세계에 흩어져 있던 유학생들이 고국으로 돌아간다. 우리는 그 어느 때보다 연결되어 있다.


인간이 활동을 멈추자 하늘은 청명해졌고, 바다거북들은 해변에 나와 알을 낳았다. 아마존의 눈물도 멈추었을지 모르겠다. 물론 '잠시'다. 잠시나마 스스로를 돌아볼 수 있었던 인간 세계는 이전보다 조금 나아질까? 코로나19가 발생한 지 2년이 지난 지금으로서는, 불행히도 그런 것 같지 않다. 국가 간 공조는 멀어져만 가고, 돈 있는 국가들은 '나만 살면 된다'는 듯 백신을 사재기했다. 그렇게 사 모은 백신의 효과로 유럽 사람들은 마스크를 벗고 신나게 여름을 즐겼으나, 그 축제의 기운이 가시자마자 코로나19는 더욱 악랄하게 재창궐했다. 그 어느 때보다 연결되어 있었던 것은 비단 북반구의 선진국들뿐만이 아니었다. 백신이 보급되지 못한 남반구도 우리와 긴밀히 연결되어 있었다. 그럼에도 사람들은 '백신 나누기'가 아닌 '난민유입 방지'를 더 뜨겁게 이야기하고 있다. 대선을 앞둔 프랑스에서는 프랑스를 백인만의 국가로 만들어야 한다는 극우 정치인들이 전례없이 폭발적인 인기를 누리고 있다.

코로나19로 잃은 것보다 앞으로 잃을 것이 더 많을 것 같아 두렵다. 오랜 후에 우리는 이 시대를 어떻게 돌아보게 될까? "나는 거기에 없으니 다행이야"를 넘어 "우리끼리만 있으니 다행이야"를 이야기하는 세상이 되고 있다.

# 못생길 권리

*Le droit à la laideur*

"나도 거울을 보아 내가 예쁘지 않다는 것을 잘 알고 있다."

내가 초등학교 여름방학 숙제로 독후감에 쓴 문장이다. 무슨 책이 초등학생으로 하여금 이런 생각을 하게 한 걸까, 전혀 기억이 나지 않는다. 하지만, 담임선생님이 그 독후감 페이지에 남긴 코멘트는 기억하고 있다. 학부모에게 전하는 말이었는데 대략, 아이가 글솜씨가 있으니 관심을 가지고 지켜봐 달라는 메시지였다. 그 말에 어찌나 감격했던지 30년이 지난 지금까지도 잊지 못한다.

나는 시인이 꿈이지만 재능을 인정받은 적이 없어 속상한 초등학생이었다. 나는 알았다. 선생님의 마음을 움직인 것은 저 문장이라는 것을. 쓰면서도 속상했던 그 문장에 선생님이 반응

했다고 생각하니 더 속상한 기분도 들었다. 이 일로 나는 본인의 외모가 예쁘지 않음을 공식적으로 인정한 어린이이자, 약점을 진실하게 드러내면 예술이 될 수도 있음을 깨달은 어린이가 됐다.

나는 외모가 예쁘지 않다고 여겨지는 여자들의 삶에 예민해졌다. 당시 TV 코미디 프로그램에서는 여자를 예쁜 여자와 못생긴 여자, 두 카테고리로 나누어 한쪽은 찬양받고 다른 쪽은 구박받으며 심한 경우 매까지 맞는 구도가 주요 레퍼토리였다. 세상은 여성이 대우받고 살기 위해서는 예뻐야 한다는 생각을 어린 아이에게까지 다양한 방식으로 주입하고 있었다.

열두 살 즈음이었나, 결혼한 지 얼마 되지 않은 동네 젊은 여자가 집에서 튀김을 만들다가 얼굴에 큰 화상을 입었다는 얘기를 들었다. 가스 불을 조심해서 다루어야 한다는 취지에서 엄마가 전한 이야기였는데, 나는 궁금했다. 그 젊은 여자는 그래서 어떻게 되었을까. 얼굴에 화상을 입은 뒤의 삶은 어떻게 펼쳐졌을까. 나는 엄마에게 계속 물었다. "그래서? 남편이 뭐라고 했대? 계속 잘 살고 있대?" 엄마가 내 질문을 어이없어하던 기억도 난다. "사고가 난 건데 뭐라고 해. 걱정하고 슬퍼했겠지."

지금도 튀김요리를 하는 장면을 보면, 화상을 입은 여자가 이후에는 잘 살지 못했을 거라고 짐작했던 어린 시절의 내가 떠오른다. 외모가 예쁘지 않으면 사랑받지 못할 거라고 믿던, 그래서 세상이 무서웠던 마음을 돌아보게 된다.

이후로도 오랫동안 예쁘지 않은 외모를 의식하며 살았으나, 외모가 나의 주요 관심사가 되는 일은 점점 줄어들었다. 어쨌거나 영화를 만드는 사람이 되고 싶다는 열망만이 나의 사춘기를 강렬하게 채웠다. 고등학교 시절 가장 닮고 싶다고 생각했던 여성 모델은 변영주 감독이었고(지금도 무척 닮고 싶다), 그처럼 씩씩하게 독립적으로 뚜벅뚜벅 내 길을 가는 사람이 되고 싶었다.

여성이 사랑받기 위해서는 무엇보다 예쁜 외모가 가장 중요하다는 생각에서 벗어난 건 아니었다. 남들에게 예쁘지 않다고 비춰질 스스로의 외모가 고통스러운 채로, 프랑스에 왔다. 많은 것이 달라졌다. 분홍색 발바닥과 빛나는 털은 고양이들 사이에서나 기준이 될 만하지, 강아지 무리에서 고양이는 그저 고양이일 뿐이다. 그런 기분이었다. 눈에 쌍꺼풀이 있거나 없거나, 피부가 하얗거나 아니거나, 그들에게 나는 그저 먼 곳에서 온 다른 사람이었다.

처음에는 당황스럽고 서러웠던 그 사실이 시간이 지날수록 해방감을 주었다. 외모 평가는 철저히 타인의 시선이 기준임을 피부로 느낄 수 있었다. 자연스럽게 스스로를 향한 시선도 변했다. 이민의 역사가 길어 같은 프랑스인이라 하더라도 피부색과 헤어스타일, 체형과 이목구비가 모두들 제각각인 이들에게는 내가 중요하다고 생각했던 그 모든 기준이 별다른 의미가 없었다. 각자가 타고난 대로 그 안에서 저마다의 예쁨이 있었다. 서로 다르다는 전제가 스무 살 평생 한 번도 느껴 본 적 없는 마음의 안식이 됐다.

방탄소년단의 정국이나 블랙핑크의 제니를 보고 아름답지 않다고 말할 프랑스인은 없을 것이다. 하지만 동양과 서양, 혹은 한국과 프랑스에서 말하는 외적 매력의 기준은 확실히 다르다는 걸 여러 번 실감했다. 한 예로, 유학생 시절 아르바이트로 일한 한국 방송사의 드라마 촬영 현장에서 겪은 일을 들 수 있다. 파리 중심가의 어느 주택에서 촬영을 했는데, 동네의 프랑스 중년 여성 몇 명이 나와 구경을 하며 "저 남자 멋있지 않아?" "아, 너무 멋있네" 같은 대화를 나누는 것을 들었다. 그들이 가리킨 남자가 궁금해 시선을 따라가 보니, 줄담배를 피우며 온갖 인상을 다 쓰고 있는 촬영팀의 50대 중반 카메라 감독이었다. 내 눈에는 술 담배에 찌든 세월이 외모에서 고스란히 드러나는, 게다가 성격도 안 좋아 보이는 남성이었는데(실제로 안 좋았다) 도대체 어디가 멋있다는 건지 의아했다. 그 자리에는 한국에서 이른바 '꽃중년'으로 인정받는 출연진도 있었다. 나는 그 동네 여인들에게 혹시 저분은 어떠냐고 물어보기까지 했는데, 그들은 단호하게 대답했다. 카메라 뒤의 저 남자가 제일 멋지다고.

　한국과 프랑스의 서로 다른 미의 기준은 남편과 한국 드라마를 시청하면서도 여실히 느낀다. 남편은 '아름답다'고 칭송받는 한국 배우들의 외모를 보고 매번 두 가지를 지적한다. 하나는 귀의 모양이다. 뒤로 누운 게 아니라 앞쪽으로 돌출되어 정면에서도 다 보이는 귀를 보면서 "한국에서는 저런 귀를 좋아하나 봐. 프랑스에서는 놀림감인데"라고 말한다. 다른 한 가지는 헤어스타일인데, 남편은 유독 TV에 나오는 한국 남성들의 헤어스타일에 예민하다. 방금 미용실에 다녀온 듯 윗부분이 풍성하고, 이마 위에 일자로 가지런히 윤기 있게 떨어지는 앞머리를 묘사하며 "가발 같다", "왜 다들 같은 머리를 하고 있는 거냐" 지적을 한다. 이 또한 내 눈에는 잘 띄지 않는 특징인데, 그러한 헤어스타일을 프랑스에서는 본 적이 없는 것도 같다. 미의 기준이 참 다르다.


　'누가 이런 나를 사랑하겠어?'

　이런 의심을 오랜 시간 해 왔다. 거울로 보는 내 모습은 예쁘지 않았고, 누군가 호감을 표현해도 끊임없이 부정했다. 호의를 사랑으로 착각하는 사람이 되고 싶지 않았다. 사랑을 속삭이는 연인의 말도 그대로 믿지 않았다. 함께하는 순간마저도 불안했던 어느 관계의 끝에서 사랑을 구걸하고 있는 나를 보았다. 그의 세계에 내가 얼마만큼 들어 있는지 확인하고 싶어 안달을 하고 그의 시선 하나하나를 다 이해하고 싶어 안절부절못했던 그 마음은, 실은 나 자신에 대한 불안감이었다. 그런 시간 끝에 절감했다. 타인의 마음이 기준이 되는 삶은 늘 불안할 수밖에 없음을. 밖으로 나와 있던 기준점이 조금씩 안으로 당겨져 내 안의 중심이 공고해질수록, 마음에도 평화가 찾아왔다.

유학생 시절의 일이다. 논문을 쓰던 중이었는데, 매일 도서관과 집만을 오가고, 스트레스는 먹는 일로만 풀다 보니 평소보다 몸무게가 많이 늘어 있었다. 아마도 내 생애 체중이 가장 많이 나갔을 시절이지만, 별로 의식하지 않고 지냈다. 그러다가 방학을 맞아 한국에 갔다. 외국에서 며칠이라도 체류해 본 사람은 알겠지만, 한국에 돌아갔을 때 사람만큼이나 반가운 건 고향의 음식들이다. 사람들을 만나 식사를 할 때마다 나는 열렬한 식탐을 감추지 않았고, 그동안 먹고 싶었던 음식들을 모두 클리어하고 떠나겠다는 각오로 열심히 먹으러 다녔다. 그러다가 어느 순간, 가족들을 비롯한 지인들에게서 이런 말을 듣기 시작했다. "너 그러다가 살찐다. 어쩌려고 그래. 그만 먹어."

이런 것이 문화 차이인가. 한국에서는 밥상의 추임새처럼 흔하게 하는 말임을 알아도, 프랑스에서는 누구에게도 듣지 못했던 살찌니까 그만 먹으라는 말이, 마음에 비수로 꽂혔다. 서러운 마음을 표현할 길이 없어, 당시 남자친구였던 남편에게 전화로 하소연을 했다. "사람들이 살찐다고 못 먹게 해. 먹고 싶은 게 너무 많은데." 그 말을 듣고 남자친구는 깜짝 놀라며 이렇게 말해 주었다. "사람들 왜 그래? 살은 나중에 빼면 되지, 그게 뭐 대수라고. 눈치 보지 말고 먹고 싶은 거 다 먹고 와!" 비록 아주 먼 지구 반대편에 있지만, 천군만마를 얻은 듯 마음이 풍족해졌다.

지금도 종종 그때 남편의 말을 꺼내어 생각할 때가 있다. 세월과 함께 사라진 그의 머리카락들과 부풀어 오른 뱃살이 눈에 띌 때면 특히 그렇다. 그럴 때 그 시절을 떠올리면 이런 생각이 드는 것이다. '머리카락, 뱃살이 무슨 대수야. 사람이 있는 그대로 행복한 게 중요하지.'

우리는 왜 꼭 예뻐야 하는 걸까? 스스로를 사랑하기 위해서는 외모까지 사랑해야 할까? 그냥, '에잇, 나는 예쁘지 않게 태어났군, 어쩔 수 없지. 다른 장점도 많으니까 괜찮아'라고 생각하면 안 되나? 인정하면 불행해지는 걸까? 누군가는 불행한 가정에서 태어났고, 누군가는 가난한 나라에서 태어났으며, 누군가는 뛰어난 예술적 재능 없이 태어났듯이, 그 시대에 예쁘게 평가받지 않는 외모로 태어난 것도 본인의 잘못은 아니고, 못생길 권리도 당연히 있는 게 아닐까.

　나는 이제 외모를 고민하는 시간과 에너지를 조금 쓸모없다고 생각하는 사람이 됐다. 그래서 외모의 문제가 일상에서 중요하게 부상하지 않도록 노력하는 편이다. 셀카를 자주 찍지 않는 것도, SNS에 얼굴 사진을 굳이 올리지 않는 것도 같은 맥락이다. 만일 내 사진을 올리게 된다면 아마도 (내 눈에만) 더 예쁜 사진을 만들기 위해 사진들을 계속 보정하면서, 결국 내가 봐도 낯선 얼굴들만 게시할 것이다. 그런데 그게 다 무슨 소용이란 말인가. 있는 그대로의 나를, 그게 비록 내 눈에 못난 나라도, 호탕하게 인정하고 자연스럽게 살고 싶다.

　내 의지에는 반하게, 여전히 외모 문제가 수면으로 다시 떠올라 나를 괴롭히는 순간들이 있다. 정작 본인인 나는 이미 화해를 하고 편안하게 공존하고 있는 나의 외모를, 있는 그대로는 도무지 봐 줄 수 없다는 타인을 만날 때다. 마흔이 넘은 성인에게 그럴 수 있는 사람은 세상에 아마도 단 한 사람, 엄마뿐일 것이다. 한국에서 엄마를 만날 때마다 모녀 상봉의 애틋함을 방해하는 것은 엄마의 외모 지적이다. 옷 좀 좋은 거 사 입지 그게 뭐니, 당장 미용실부터 가자, 나랑 나갈 때는 그거 입지 마라, 어쩌려고 그렇게 먹니, 살찌면 안 된다……. 프랑스에서는 들어 볼 일이 없는, 낯설고도 익숙한 잔소리들이 끊임없다. '어쩔 수 없지, 엄마인데' 하고 그냥 넘기면 될 일인데, 매번 나도 화를 내고야 만다. 며칠을 참고 참다가, "내 옷인데 내가 좋으면 그만이지 왜 이래", "먹을 때 먹고 뺄 때 또 빼면 되지"부터 시작해, "엄마는 왜 그렇게 남의 눈을 의식하고 살아?"로 넘어가면 갈등의 전조다. 그러다가 결국 "내가 창피하다 이거지?"까지 나오면, 공기가 달라진다. 우리는 그 후로 며칠을 서로 '할 말은 많지만 하지 않겠다'의 자세로 지내다가 헤어질 때가 되면 또 언제일지 모를 다음을 기약하며 눈물의 이별을 하게 되는 것이다. 도대체 우리에게 외모란 무엇이길래, 남의 눈이란 무엇이길래.

# 이방인의 책임감

*La responsabilité*
*de l'étranger*

2년 전, 프랑스 국적기를 타고 한국에 가게 됐다. 두 번의 식사 중 첫 번째 기내식 메뉴가 비빔밥과 기억이 잘 나지 않는 프랑스 요리였다. 기내식은 무엇을 먹어도 큰 상관이 없다고 생각하지만, 프랑스 항공사의 비빔밥이 궁금해서 비빔밥을 먹을 참이었다. 내 자리는 비행기의 뒤쪽 끝이었는데, 중간 통로 너머 앞쪽에서부터 서빙이 시작됐고, 대부분의 사람들이 비빔밥을 주문하는 게 보였다. 내 순서가 되자 비빔밥이 다 떨어졌다는 답을 들었다. 나는 별수 없이 "그럼 다른 걸로 주세요" 했고, 식사를 건네 주는 프랑스인 승무원에게 말했다.

"제가 뒤에 있어서 차례가 안 됐나 봐요. 다음 식사는 뒤쪽에서부터 서빙하실 거죠?"

당연히 그럴 거라는 대답이 나올 줄 알았는데, 승무원은 웃으며 말했다. "식사 서빙은 앞에서부터예요. 뒤에 앉으면 어쩔 수 없죠."

나는 이해가 가지 않아서 "그러면 두 번째 식사에서도 뒤쪽의 승객들은 원하는 음식을 먹을 수가 없잖아요. 그건 공정하지 않은 것 같은데요?"라고 물었다. 그러자 승무원은 너무나 당연하다는 듯 빠르게 말했다. "원래 앞쪽 승객이 우선이에요. 앞쪽 승객들이 더 비싼 값을 지불하고 티켓을 샀고요."

그 말을 들으며 나는 재빨리 내 시야에 펼쳐진 뒤쪽 승객들을 훑어보았다. 대부분 아시아인이었다. 같은 이코노미인 화장실 통로 너머 저 앞쪽에는 아마도 프랑스인 승객들이 타고 있을 것이었다. 주변의 아시아인들은 비빔밥이 없다는 프랑스인 승무원의 말에 실망한 표정으로 묵묵히 다른 메뉴를 받아 들고 있었다. 그때부터 대화는 다른 흐름으로 격하게 흘러갔다.

"그럼 이게 다 자릿값 때문이라고요? 저 앞이 비즈니스 클래스도 아니잖아요? 언제부터 기내식이 비행기 티켓 값에 따라 달라졌나요? 그럼 뒤에 앉은 사람들은 계속 남은 음식을 먹어야 하나요?"

그는 당황했고 "원래 서빙은 앞에서부터"라는 말만 반복하다가, 결국 한국인들은 항상 한국 음식만 먹으려고 하는데 그 수

요를 감당할 수 없다는 속내를 큰 소리로 말하며 내 앞에 이미 서빙됐던 프랑스 음식을 거두어 갔다. 그러고는 "비빔밥이 몇 개 남은 게 있네요" 하며, 비빔밥이 담긴 쟁반을 내 앞에 놓고 옆자리 승객의 서빙을 시작했다. 덩그라니 앞에 놓인 비빔밥 앞에서 억울한 마음이 들었으나, 이미 지나간 승무원을 다시 붙잡고 "내 말이 그 말이 아니잖아요!"라며 따져 물을 수도 없는 노릇이었다. 나는 비빔밥에 미친 사람처럼, 본의 아니게 비빔밥을 기어이 쟁취하고야 말았다.

기내 조명이 꺼지고 본격적인 취침 시간이 시작된 몇 시간 후, 한 프랑스 남자가 본인을 실장이라 소개하며 내 옆 복도에 무릎으로 앉아 소곤소곤 말을 걸었다. 식사 서빙 과정에서 승무원에게 항의했다고 들었는데, 승객들이 어떤 메뉴를 선호할지 미리 알 수 없어 그 수를 조절할 수 없으니 이해해 달라는 내용이었다. 복도에 쭈그리고 앉은 모습을 보니 비몽사몽 잠기운에 잠시 미안한 마음까지 들었지만, 다시 한번 몸을 일으킬 수밖에 없었다.

"아니, 그게 문제가 아니고요. 첫 번째 서빙을 앞쪽에서 시작했으면, 두 번째 서빙은 뒤쪽에서부터 하는 게 당연한 게 아닌가 해서 말씀을 드렸는데, 앞쪽 항공료가 더 비싸서 어쩔 수 없다고 대답을 하셔서 항의한 거라고요."

실장은 묵묵히 뭔가를 수첩에 적었다. 이게 메모까지 할 일인가 생각하며 답을 기다리는데, 그가 말했다. "좋은 의견 주셔서 감사합니다. 말씀하시고 싶은 다른 내용은 없나요?"

허탈한 마음이 들었지만, 본격적으로 이 항공사의 기내식 서빙 시스템에 대해 토론을 시작하고 싶지는 않았다. 더 이상의 의견은 없다고 하자, 그는 정말 다른 항의사항은 없냐며 재차 묻더니 사무적으로 인사를 하고는 사라졌다. 아마도 그의 수첩에 '요주의 진상'으로 적혔을 나는, 한국까지 가는 내내 프랑스 승무원들의 눈총 속에 특급 감시를 받는 기분이었고, 두 번째 기내식은 뒤쪽에서부터 서빙됐다. 그러나 화장실 문 앞에서 앞사람이 나오기를 기다리고 있던 내가 프랑스 승무원들의 수다 속에 "한국인과 비빔밥이란 정말"이라는 표현이 오가는 것을 듣게 됐고, 혹시 내가 원한 것은 정말 비빔밥이었던 게 아닐까 하는 착각마저 들었던 것은 굳이 길게 이야기하지 않도록 한다.

한국에 도착해 친한 사람들에게 이 이야기를 했다. 대부분 항의할 만했다는 대답들을 주었고 서빙을 앞에서 시작했으면, 두 번째는 당연히 뒤에서 시작해야지, 하고 맞장구를 쳐 주었다. 차분히 떠올려 보면 내가 흥분한 포인트는 다른 데 있었다. 마치 이 비행기가 설국열차인 듯 이코노미 좌석의 앞부분과 뒷부분을 티켓 가격으로 나누는 승무원의 말을 듣고 살펴보니, 그 뒷부분이 아시아인들, 정확히는 파리에 단체 관광을 온 한국인들의 좌석이었던 것이다. 그리하여 승무원이 무엇을 먹을지 묻지도 않고 '남은' 음식을 나눠 주고, 이에 대해 별말을 못 하고 있는 사람들이 대부분 한국인이라는 사실에 나는 화가 났다. 그게 아니었다면, 아마도 나는 그들이 앞에서부터 서빙을 하든 뒤에서부터 하든 크게 관심 두지 않았을 것이고, 무엇보다 굳이 그렇게까지 언성을 높이지도 않았을 것이다.

나는 이런 내가 싫다. 모두가 괜찮다고 가만히 있는 가운데 혼자 나서서 목소리를 높이는 내가 싫다. 어쩌면 한국인들이 항상 비빔밥을 먹어서 그 수요를 감당할 수 없다는 말이 사실이고, 서빙은 앞에서부터인 것이 그들의 룰일 수 있는데, 있는 그대로 받아들일 수도 있지 않은가. 나는 왜 프랑스인 승무원이 뒷자리 아시아 승객들을 무시하고 있다고 생각했을까? 그것은 그야말로 자격지심이 아니었을까?

최근에 파리의 어느 약국에서도 비슷한 일이 있었다. 약보다는 화장품, 영양제 등이 주력 상품인 대형마트 같은 곳이었다. 코로나19로 통행금지가 있어서 퇴근 후 급하게 들른 참이었다. 서둘러 바구니에 물건을 담아 카운터 앞에 줄을 섰고, 내 앞에

는 70대로 보이는 프랑스 여자 손님 한 명이 있었다. 금방 내 차
례가 되리라 기대했는데, 앞 손님의 계산이 한참이 걸렸다. 직원
에게 별별 질문을 다 하는 것 같았는데, 뒤에 기다리는 사람들의
존재 따위는 안중에도 없어 보였다. 6시부터 통행금지인데, 벌써
5시가 넘어가고 있었다.

10분쯤 지났을까, 앞 손님이 드디어 계산을 마쳤다. 하지만
그게 끝이 아니었다. 그는 직원 앞에 계속 서서 구매한 제품들
을 천천히 가방에 넣고, 지갑을 정리했다. 나와 직원은 마주 보
며 여자가 자리를 떠나기를 기다리고 있었는데, 내 뒤에 줄을 서
있던 사람이 뒤통수에 대고 말했다. "좀 앞으로 가시죠." 놀라서
돌아보니, 내 뒤로 지친 표정의 사람들이 한 줄로 서 있었다. 족
히 일곱 명은 돼 보였다. "아, 네" 하며 앞으로 가려는데, 카운터
앞의 손님은 비켜 줄 생각을 하지 않았다. 이 상황을 보고만 있
어야 하는 직원의 얼굴에 당황스러움이 스쳤다.

드디어 내 차례가 됐고, 나는 직원에게 프랑스의 국민 진통제
인 돌리프란을 달라고 했다. 직원이 카운터 안쪽으로 돌리프란
을 가지러 가려다 말고 내게 물었다.

"어떤 돌리프란이요?"

"1,000밀리그램짜리요."

"아니, 어떤 돌리프란이요?"

　나는 다시 한번 천천히 반복해 말했고, 그가 짜증 난다는 표정을 감추지 않으며 다시 물었다. 어떤 돌리프란을 찾냐고. 아니, 돌리프란이 또 다른 게 있단 말인가? 당황한 나는 물었다.

　"뭐가 있는데요?"

　그러자 그가 어이없다는 듯 큰소리로 말했다.

　"아니, 약국에 와서 뭐가 있냐고 묻는 건가요? 약국에 약이 있죠."

　나는 잠시 멍하니 그의 얼굴을 바라보았다. 이 대화는 도대체 어디로 가고 있는가. 급기야 그는 노골적으로 나를 노려보기까지 했다. 서로를 바라보며 침묵과 긴장이 몇 초간 지속됐다. 마침내 그가 말했다. "알약이요? 물에 녹이는 거요?" 아! 그거였군. 내가 말했다. "알약이요."

　직원은 약을 가지러 잠시 떠났고, 나는 내 뒤로 수많은 피곤한 얼굴들의 탄식을 느끼며 이 상황을 곰곰이 따져 보았다. 직원이 돌아왔고, 계산을 시작했다. 나는 그가 계산하는 동안 빠르게 말했다.

　"돌리프란이 알약 말고 다른 유형이 있는 줄 몰랐어요. 당신은 내가 뭘 모르는지 알고 있었죠. 그러면 그걸 얘기하는 건 당신 몫이 아닌가요? 그런데 약국에 약이 있지 뭐가 있냐고 묻다니. 그게 말이 되나요? 내가 그럼 약국에 와서 뭘 찾겠어요?"

대략 이런 말이었는데, 말을 할수록 나도 모르게 흥분해 언성이 높아졌다. 씩씩거리는 나를 보며 계산을 마친 직원이 서둘러 말했다.

"아 그랬군요. 잘 알겠습니다."

그리고 활짝 웃었다. 눈을 제외한 얼굴의 모든 주름이 순식간에 중력을 거슬러 올라가는, 형식적이고 훈련된 미소였다. 순간 얼굴이 붉어지는 것을 느꼈다. 나는 진상 손님이 된 걸까? 별것 아닌 일로 또 과잉 반응을 보인 걸까? 혹시 등 뒤에서 보고 있는 수많은 사람들을 의식하며 나는 이 직원에게 복수를 하고 싶었던 것은 아닐까?

그는 극심한 감정노동을 하고 있었을 것이다. 시간을 지체하고 좀처럼 나갈 생각을 하지 않는 내 앞의 손님에게서 스트레스를 받았을 것이고, 통행금지 시간이 다가올수록 길어지는 줄과 사람들의 불만 섞인 표정 앞에서 압박을 느끼고 있었을 것이다. 그렇게 신경이 팽팽해진 순간에 내가 온 것이다. 그리고 내가 '화풀이' 대상이 되었을 것이다. 거기까지 생각이 미치니 다시 한번 격한 감정이 몰려왔다.

모욕감 속에서 며칠을 보냈다. 시간이 지날수록 또 다른 생각이 들었다. 이게 그만한 일인가. 누군가 무례했던 한순간이 내게 이렇게 중요해야 하는가.

많은 이들이 무시당하는 느낌에 예민하게 반응하고, 이를 못 견뎌 한다. 자존감과도 큰 연관이 있을 그 예민함은 사실 대부분의 경우 이성적이지 않다. 타인의 감정을 이해하는 일에는 대체로 게으르고 무던하면서, 찰나의 순간에 타인의 눈빛 혹은 한마디 말에 자신이 무시당했다는 느낌이 들면 격하고 빠르게 반응하는 사람들을 많이 보아 왔다. 이른바 "내가 누군지 알아?" 같은 말이 나오는 상황들이다. 그런 상황을 마주할 때마다 '아, 저렇게까지 할 일인가. 온 우주가 다 자기를 알아줘야 하나?' 하면서 늘 생각했었다. '나는 저렇게 되지 말아야지.' 그런데 지금 내가 그렇게 되고 있는 건 아닐까? 나는 내가 그토록 한심하게 여겼던, "내가 누군지 알아?"를 따지는 사람이 되어 가는 걸까? 세상엔 어차피 너무나 많은 바보들이 있고, 나도 때에 따라서 누군가를 쉽게 생각하고 불쾌한 감정을 더 쉽게 드러내고 있을지 모른다고 스스로를 반성하며 넘어가야 하는 건 아니었을까?

그 정도로 정리할 수 있는 문제라면 참 좋겠다. 내가 느낀 모욕감은 벌어진 상황에 비해 과한 감정일 테지만, 당시에 나는 '동양인이라고 만만하게 보고 화풀이를 하는구나' 하는 확신이 들었다. 나는 순간 아시아 여자도 부당한 상황을 겪으면 참지 않는 매운 성격일 수 있고, 무엇보다 부당한 상황을 말로 따지고

들 수 있는 프랑스어 실력을 갖출 수 있음을, 동양인이라고 다 말 못 하고 잘 참는 게 아님을, 보여 주고 싶었다. 대우받기를 원하는 게 아니다. 그저 차별을 원하지 않을 뿐이다. 물론 그 차별을 판단할 근거는 언제나 불분명하다.

이러한 상황이 내가 외국에 사는 한 앞으로도 수없이 반복될 것임을 안다. 누구도 네가(혹은 당신들이) 동양인이기 때문에 이렇게 대하는 거라고 밝히지 않는다. 아마도 차별하는 사람은 자신의 행동을 인지하지도 못하는 경우가 대다수일 것이다. 프랑스 비행기의 승무원도, 약국의 직원도, 본인이 아시아인을 다르게 대하고 있다고 절대로 생각하지 않을 것이다.

그러나 어느 카테고리에 속한 집단의 사람들이 공통적으로 느끼는 감정은 분명 존재한다. 상대는 그 상황에서 아시아인을 다르게 대한 게 아니라고 생각할 수 있지만, 내가 프랑스인의 모습을 하고 있었다면 그들의 태도는 달랐을 것이다. 내 앞에서 한참 시간을 끌며 사람들을 기다리게 하던 프랑스 여성을 대하는 태도부터가 우선 매우 달랐으니까.

내 기준의 '이상한 사람'이 되고 싶지 않다는 이유로 한 번, 두 번, 못 본 척, 좋은 게 좋은 거지, 생각하면서 넘어가면 적어도 나를 마주쳤던 프랑스 사람들은 동양인에 대한 편견을 바꾸지 않을 것이다. 나만의 일로 여기고 조용히 넘어가는 건 일종의 직무유기라는 생각이 외국생활의 해를 거듭할수록 묵직하게 마음을 누른다.

# 내게 새 언어를 다오

*Donnez-moi une nouvelle
langue*

어릴 때부터 끊임없이 '다른 곳'으로 가고 싶었다. 다행히 몸을 움직여 여행을 하지 않아도 다른 곳으로 갈 수 있는 방법을 일찍부터 깨우치게 됐다. 초등학교 때에는 모리스 르블랑Maurice Leblanc, 코넌 도일Conan Doyle, 애거서 크리스티Agatha Christie가 만들어 놓은 세계에 빠져 살았다. '마드무아젤', '봉주르'와 같이 뜻은 알 수 없지만 어딘지 우아해 보이는 단어들의 세계에서 파격적으로 도둑질을 하고, 보란 듯이 위기에서 빠져나오는 프랑스 도둑 뤼팽의 이야기는 열 살 초등학생의 혼을 완벽히 사로잡았고, 적성검사에서 탐정을 권유받기도 했다. 불면증을 달고 살았던 10대 시절에는, 방 벽에 영화 포스터들을 붙여 놓고 그 위로 자주 몸을 기댔다. 다른 세상으로, 영화 속으로, 이야기 안으로 들어가고 싶다고 중얼거리면서.

나를 새로운 곳으로 데려다주는 것 중에는 또한 외국어가 있었다. 그래 봤자 영어뿐이었지만, 나는 외국의 언어가 좋았다. 외국어로 된 글을 읽으면 숨통이 트이는 것 같았다. 도대체 이게 언제 쓸모가 있을까 싶은 수학과 달리, 외국어는 언젠가 '다른 곳'에서 요긴하게 써먹을 수 있는 유용한 과목이었다. 서점에서 론리 플래닛 시리즈를 구입해서 영어 공부를 한다는 핑계로 읽었다. 대학에 가기만 하면 바로 인도에 가야지, 생각하면서. 아이러니하게도 그때가 내 평생 외국어 공부를 가장 순수하게 사랑한 시절이었을 것이다.

영미권 국가가 아닌 프랑스에 가게 되면서 프랑스어를 알파벳부터 배우게 됐다. 그때까지 반평생을 공부한 영어는 빠르게 잊혔다. 외국어를 낭만이라고 여기는 일은 그 외국이 미지의 세계일 때만 가능하다. 그 언어가 내가 반드시 구사해야 하는 유일한 언어가 되고, 유일한 수단이 될 때 낭만은 사라진다. 프랑스 영화를 볼 때마다 감탄하던, 솜사탕같이 달콤하고 감미로운 프랑스어의 느낌은 직접 말하기 시작하면서 흔적도 없이 사라졌다. 빵집에서, 슈퍼에서, 카페에서, 그리고 시청에서 나의 더듬더듬한 프랑스어를 들으며 미간을 찌푸리는 사람들이 내가 처한 냉정한 현실이었다. 그 언어는 더 이상 나를 다른 곳으로 데려다

주지 않았다.

　모국어로도 쉽지 않은 일들을 다른 나라에서 이루기 위해서는 새로운 언어에 원어민처럼 익숙해져야 한다. 그러려면 머리가 아닌 몸으로 언어를 습득해야 했다. 한국어로 먼저 생각하고, 이를 프랑스어로 번역해 입 밖에 내는 데까지는 너무 오랜 시간이 걸렸고, 무엇보다 한국어에서 번역된 프랑스어는 '번역된' 언어로서의 한계를 넘을 수 없었다. 당연한 일이었다. "리옹의 여름에는 땅에도 태양이 있는 것 같아요. 사람들의 얼굴이 다 오렌지색으로 보여요"라고 말하고 싶어 머릿속으로 분주히 프랑스어 단어를 찾다 보면, "리옹의 여름은, 음…… 어…… 그러니까……" 같은 말만 반복하고 있게 됐다. 생각 자체를 프랑스어로 할 수 있어야 했다. 생각을 프랑스식으로 한다는 것이, 가능하기는 한 일인가? 어떻게 그렇게까지 하나, 하는 막막함에 괴로웠지만, 선택의 여지가 없었다. 그것은 습관의 문제였다.

　내 몸에 너무나 익숙하게 자리 잡은 모국어를 먼저 밀어내야 했다. 온종일 프랑스어만 듣고, 읽고, 말하기 위해 노력했다. 한국인을 최대한 멀리하는 촌스러운 일도 했다. 유일하게 스스로에게 허락한 한국어는, 친구들에게 보내는 편지와 일기뿐이었다. 주말 저녁이면, 받는 사람도 부담스러울 만큼 긴긴 편지를 썼다. 이제는 외국어가 아닌 나의 모국어가 나를 다른 곳으로,

친구들과 가족들이 있는 곳으로 데려다주었다.

프랑스에 오고 5년쯤 지나면서야 비로소 프랑스어가 좋아졌다. 프랑스인들로부터 "프랑스어를 참 잘하시네요" 같은 말을 듣기 시작했다. 그리 기쁘지는 않았다. 그 말은 여전히 내가 외국어로서의 프랑스어를 구사하고 있다는 뜻이었으니까. 그즈음 질 들뢰즈Gilles Deleuze, 앙리 베르그송Henri Bergson, 세르주 다네Serge Daney 등의 책을 읽고 분석하는 글을 써야 했는데, 그때 프랑스어를 가장 치열하게 느꼈다. 논술시험에 통과하기 위해서 닥치는 대로 글을 쓰고 토론해야 했던 시절이었다. 그 단계를 넘고 나니, 프랑스어로 하는 많은 일들이 조금 수월해졌다. 논문을 마치면 프랑스어로 장편 시나리오를 써서 나의 세계를 모두 풀어내겠다고 생각했다.

그건 불가능한 일이었다. 프랑스어만 쓰고 있을 때는 몰랐다. 어느 순간, 한국어로 다시 글을 써 보는데, 한동안 느끼지 못했던 엄청난 해방감이 몰려들었다. 그때 알 수 있었다. 나의 프랑스어는 결코 한국어 수준을 넘어설 수 없음을. 프랑스 사람들과 대화를 하고 살아가는 데 불편함이 거의 없어졌다 해도, 프랑스어는 나의 언어가 되지 못할 것임을.

김영하 작가는 에세이 《여행의 이유》에서 "작가의 뇌는 들고 다니기 어렵지 않지만, 그 뇌를 작동시키는 소프트웨어는 모국어로 짜여 있다. 작가는 모국어에 묶인다"고 썼다. 내가 프랑스에서 산 시간은 어느덧 한국에서 산 시간을 훌쩍 넘어섰으나, 그의 표현처럼 나의 뇌는 여전히 모국어로 짜여 있다. 모국어는 힘이 세다.

성인이 된 후 습득한 외국어로 엄청난 작품을 쓴 작가들도 물론 있다. 프랑스에 살다 보니 밀란 쿤데라Milan Kundera가 먼저 떠오른다. 쿤데라는 집필 언어에 있어 흥미로운 점이 많은 작가다. 그가 세계적으로 유명해진 계기는 체코어로 집필한《농담》,《참을 수 없는 존재의 가벼움》같은 작품들에 있지만, 2018년까지 체코에서 출판된 책은 네 권뿐이었고, 대부분의 책들은 체코를 제외한 다른 나라들에서 번역서로만 출판됐다. 모국어로 글을 썼지만, 모국어를 제외한 다른 언어로만 책이 출판되는 역설적인 상황이었다. 쓰자마자 사라지는 듯했을 그 모국어는 작가에게 어떤 의미였을까?

그는 46세가 되던 1975년에 체코에서 프랑스로 이주했고, 1980년대에 체코어와 프랑스어 모두로 글을 썼다. 1990년에 체코어로《불멸》을 썼고, 동시에 프랑스어로 다양한 텍스트(그 자신의 체코어 작품에 관한 글들)를 썼다. 그가 체코에 있는 동안 번역된 외국어 작품들을 재정비하는 작업도 이루어졌다. 그는 그 과정에서 번역된 작품들의 오역에 너무나 충격을 받았다고 하는데, 그 후 본인 작품의 번역가를 직접 선택하며 번역 작업에 개입하기에 이르렀다. 이는 프랑스어 번역에만 국한된 것은 아니어서 소설 《농담》의 경우, 영어판은 일곱 개의 번역본이 출판됐다고도 한다. 캐나다 출신의 문학평론가 프랑수아 리카르드François Ricard는, 이러한 작업으로 그의 문체의 간결함과 명료함이 최대한 유지되었을 것이라고 분석했다.§ 많은 작가들처럼 언어를 글쓰기의 재료로 여기지 않고, 최대한 정확한 표현을 구현하는 도구로 여기는 계기가 됐으리라는 추측이다. 쿤데라의 일련의 행위는 자신의 작품이 그 어떤 언어로 번역된다고 해도 본래의 텍스트가 최대한 보존되도록 하기 위한 일종의 전략인 셈이다. 쿤데라는 실제로 제자에게 "작가 재능의 50퍼센트는 전략에 있다"‡고 말했다고 전해지며, 1998년에는, "나의 언어가 투명할 만큼 간단하고 정확하기를 바라고, 모든 언어에서 그러기를 바란다"고 밝힌 바 있다.

　　나는 쿤데라의 작품들을 프랑스 생활 초기에 한국어 번역본으로 읽었는데, 특히 《불멸》을 아주 좋아해 주기적으로 다시 읽는다. 《불멸》은 프랑스를 배경으로 한 쿤데라의 첫 소설이자, 마

---

§ 〈르몽드〉 2011년 3월 24일 기사 '명확함의 도구로서의 언어La langue comme instrument de precision'.

‡ 〈르몽드〉 2019년 12월 20일 기사 '밀란 쿤데라, 무기로서의 프랑스어Milan Kundera, la langue française comme une arme'.

지막 체코어 소설이다. 이 책을 읽다 보면, 쿤데라 작가가 이제 곧 프랑스어로 직접 집필을 하시겠구나, 하는 느낌이 든다. 그만큼 프랑스 사회와 프랑스인들을 깊이 있게 묘사해서다. 이를테면, 이런 부분이다.

프랑스는 감정이 형태로만 남은 늙고 지친 나라다. 어떤 편지의 결론을 맺을 때, 프랑스인은 이렇게 쓴다. '친애하는 선생님, 저의 각별한 감정을 받아들여 주십시오.' 내가 갈리마르 출판사로부터 어느 여비서의 이름이 서명된 그런 편지를 처음 받았을 때, 나는 아직 프라하에 살고 있었다. 나는 기뻐 어쩔 줄 몰라 하며 좋아했다. 파리에 나를 사랑하는 여자가 한 사람 있구나! 공식 서한의 마지막 몇 행에 이렇게 살그머니 애정 선언을 집어넣다니! 그녀는 비단 나에게 감정을 느낄 뿐만 아니라, 그것이 각별함을 드러내 놓고 강조하지 않는가! 어떤 체코 여인이 내게 그런 말을 해 준 적이 있는가!

그로부터 한참 후 내가 파리에 정착했을 때, 사람들은 내게 그것이 프랑스 편지글에서 예의상 쓰이는 말로, 의미가 부챗살처럼 다양한 문구들이 있다고 설명해 주었다.

(중략) 오, 프랑스여! 러시아가 감정의 나라라면 너는 형

식의 나라다! 바로 그래서, 어떤 불꽃이 가슴속에 타오르는 것을 영원히 느낄 수 없게 된 프랑스인은 시기심과 향수 어린 눈길로 도스토옙스키의 나라를 바라보는 것이다.§

다른 나라의 언어와 문화에 대한 통찰이 이 정도로 날카로울 수가 있나 놀랍다. 물론 그가 40년 넘게 살아온 체코는 어쨌거나 프랑스와 같은 유럽문화권에 있고, 피아니스트였던 아버지 등의 영향으로 그는 유럽의 고전문화에 매우 익숙한 환경에서 살아왔을 것이다. 프랑스는 쿤데라를 발견한 나라며, 처음으로 쿤데라의 책이 번역된 나라다. 그는 그의 모국어가 프랑스어로 변하는 과정을 오랫동안 깊이 들여다보았을 것이며, 그의 표현대로 프랑스어는 아마도 그의 전략이 됐을 것이다.

모국어가 아닌 외국어로 모국어와 같은 글을 쓸 수는 없다는 깨달음 앞에서, '그렇다면 좌절이다'라는 결론을 내린 내가 얼마나 범상한지 보여 주는 사례는 또 있다. 작가가 외국어로 쓴 작품 중 내게 가장 강렬하고 신선했던 책은 《연인들을 위한 외국어 사전》이었다. 10년 전쯤 이 책을 처음 읽었는데, 읽는 내내 어떻게 이런 소설을 쓸 생각을 했을까, 그 신선함에 감탄했고, 나는

§ 《불멸》, 밀란 쿤데라, 김병욱 옮김, 민음사

왜 이런 생각을 못 했을까, 내 상상력의 한계를 통탄했다.

이 작품의 작가인 샤오루 궈Xiaolu Guo는 1973년생으로 베이징 영화학교 졸업 후, 2002년 런던으로 이주했다. 20대 후반에 영국으로 간 셈인데, 그곳에 도착하면서 쓴 영어 일기가 이 소설의 기본 바탕이 됐다.

소설은 영국으로 유학을 온 중국 출신 여자와 영국 남자의 사랑 이야기다. 주인공은 영어를 배우는 과정에서 영국인 남자를 만나게 되고, 그들의 이야기는 남과 여의 러브스토리에서 시작해 동양과 서양, 중국과 영국, 동북아와 유럽의 스토리로 발전한다. 중국인 여성이 영국에 도착하는 첫날부터 쓰는 영어 일기 형식인데, 영어를 배우기 위해 도착한 곳이므로 표현이 단순하고 투박하며 시제도 뒤죽박죽이다. 어찌나 말이 안 되는 글들이 많은지, 책의 서두에 이런 알림 문구가 있다.

일러두기. 이 책은 한 중국인 아가씨가 1년간 런던에서 겪은 에피소드로 구성되어 있다. 따라서 영어가 서툰 주인공의 비문이나 철자 오기, 잘못된 시제 사용 등을 최대한 살려 번역했다.§

---

§ 《연인들을 위한 외국어 사전》, 샤오루 궈, 변용란 옮김, 민음사

이 책의 묘미는 영어 실력과 함께 나날이 확장되고 깊어지는 주인공의 정신세계에 있다. "나는 서양에 인생 없음. 나는 서양에 집 없음. 나는 무서움. 나는 영어 말 못함. 나는 미래 두려움"이라고 쓰던 주인공이 후반에 가면 "나는 당신의 아름다움이 나로 인해 소멸되고 있음을 본다. 나날이. 밤마다"라는 글을 쓰게 되는 것이다. 우리는 그의 엉성한 언어를 통해 미숙한 외국인의 입장이 되고, 끝까지 외국어로 남는 언어를 통해 이야기를 잘 이해한 것인지 확신을 가질 수 없는 관찰자로 머문다. 이 글이 작가의 모국어인 중국어로 쓰였다면 완전히 다른 책이 됐을 것이다. 엉성한 외국어가 하나의 언어로서 문학적 기능을 하고 있는 셈이다.

외국어가 모국어를 넘을 수 없다면, 외국어로는 그 외국어에 맞는 글을 쓰면 된다. 그때 외국어로 쓰는 글은 모국어로 쓸 때와는 다른 세계가 될 것이다. 모국어로 쓸 수 있는 것을 외국어로 바꾸어 쓰는 것이 아니라, 그 새로운 언어에 맞는 세계가 창조되는 것이다. 쿤데라의 프랑스어 문학이 번역의 위험을 넘어서기 위한 일종의 전략으로 여겨지듯이, 샤오루 궈가 서로 다른 두 세계의 만남을 새로운 언어의 진화 과정을 통해 보여 주듯이, 외국어는 모국어가 가질 수 없는 가능성을 만들어 낸다.

내게는 한국어의 세계와 프랑스어의 세계가 있다. 서울 거리의 한복판에서 남편과 프랑스어로 이야기를 나눌 때, 혹은 프랑스어를 읽을 때, 나는 물리적으로 할 수 없는 먼 여행을 할 수 있다. 또한, 파리 시내 한복판에서 한국어로 글을 쓰는 지금, 나는 그 누구보다도 한국에 다가가 있다. 그렇게 생각하면 내 삶에 더 많은 언어가 있으면 얼마나 좋을까 싶다. 마음만 먹으면 당장이라도 안개 자욱한 겨울 아침 피렌체의 강가를 산책하고, 아테네 신전이 있는 언덕에 오르고, 매운 냄새가 진동하는 홍콩의 좁은 거리를 활보할 수 있도록, 이탈리아어도, 그리스어도, 중국어도 할 수 있다면 참 좋겠다. 그 모든 언어들은 때로 서로에게 흠집을 낼 수도 있겠지만, 각각의 세계로 존재하다가 분명 더 큰 확장을 만들어 낼 것이다.

# 영원한 이방인

*L'étranger perpétuel*

리옹은 프랑스에서 파리와 마르세유에 이은 세 번째 규모의 도시다. 프랑스인들에게는 상업도시라는 이미지가 있고, 세계적으로 유명한 요리사 폴 보퀴즈Paul Bocuse가 활동한 곳이라 미식의 도시라는 이미지도 있다.

나는 리옹에서 어학연수를 했다. 미식의 도시이기 때문은 아니었고, 서울의 유학원에서 파리가 아니더라도 시골보다는 도시로 가는 것이 덜 외로울 거라고 추천했기 때문이다. 처음엔 책상과 침대와 한 칸짜리 냉장고가 전부였던 작은 방에서 살았다. 우리나라의 고시원이 그 정도 크기일까? 바닥에 전기 플레이트를 놓고 쭈그려 앉아서 계란을 풀고 식빵을 적셔서 프렌치토스트를 만들어 먹던 아침들이 생각난다.

화장실도 샤워실도 남녀공용이었던 그곳에서 8개월을 살았다. 6개월쯤 지났을 때, 엄마가 딸을 보러 잠시 여행을 왔다가, 공동 화장실과 샤워실을 보고는 입을 다물지 못했다. 당장 나은 곳으로 옮기라고 수없이 당부했다. 화장실 칸막이와 천장 사이의 공간이 넓었던, 앉아 있으면 바닥으로 그림자가 지나다녀 자꾸만 위를 지켜보고 있어야 했던 화장실이 있는 곳에서, 겁 많은 내가 어떻게 8개월을 살았는지 의문이다. 버텨야 한다는, 잘 해내야 한다는 생각으로 온몸에 힘을 잔뜩 주고 있던 시절이었다.

공동 화장실보다 견디기 힘들었던 것은 소외감이었다. 수업이 없는 주말에는 만날 사람이 없었고, 기숙사는 어리둥절할 정도로 적막해졌다. 프랑스인들은 주말이나 휴가철에 가족끼리 모여 식사를 하며 시간을 보낸다는 것을 그때는 몰랐다. 도시가 조금 익숙해졌을 때, 일요일마다 혼자 버스를 타고 아름답기로 유명한 공원에 갔다. 모두 어디로 갔나 했던 리옹 사람들이 그곳에 가족 단위로 모여 있었다. 끼리끼리 화기애애하게 음식을 나누어 먹고 있는 풍경을 바라보며 공원을 산책하던 시간은, 내가 살면서 경험한 가장 쓸쓸한 기억에 속할 것이다. 세상의 모든 사람들과 나 사이에 유리벽이 있는 것 같았다. 사람들은 즐거웠고, 나의 일요일들은 고통스럽게 천천히 흘러갔다.

프랑스에 살았던 지난 20여 년 동안 처음 만난 사람들에게 가장 자주 들었던 말은 "스무 살도 되기 전에 외국에 혼자 나와 살았다니 참 대단하다"였다. 그 대단하다는 표현에는 여러 가지 의미가 있을 것이다. 그런 말을 들을 때마다 나는 그저 미소 지으며 입을 다물고 만다.

다른 나라, 처음부터 내가 속해 있지 않았던 곳에서 터전을 만들고 산다는 것이 어떤 일인지 알고 난 지금도, 나는 그 일을 과연 다시 할 수 있을까? 그것은 초대받지 않은 파티에 들어가 내 자리를 찾아다니는 일과 비슷하다. 파티에 있는 모든 사람은 내가 초대받지 않았음을 안다. 대부분은 방해가 되지 않는 한 모른 척하지만, 운이 없는 어떤 날들에는 드러내 놓고 불쾌감을 표시하는 사람을 마주칠 수도 있다.

억울하고 부당한 대우를 느낄 가능성은 도처에 있다. 나의 '다름'은 어디에서나 드러나기 때문이다. 그곳에서 늘 보던 사람들과는 다른 나의 모습에 매력을 느끼는 사람이 있을 수도 있고, 어떤 마음 착한 사람들은 말을 걸어 주기도 할 것이다. 그는 이방인의 경험이 있는 사람일 확률이 크다. 그런 사람들이 있다면 그래도 다행이다. 소외감이 해소될 수는 없겠지만, 그래도 그 감정을 이야기할 수는 있을 테니까. 그렇다고 마음을 놓아서는 안 된다. 이권이 충돌하는 순간, 사람들은 금방 얼굴을 바꿀 테니까. 초대받지 않은 내게도 자신과 같은 권리가 있다는 입장을,

자신의 자리가 사라지는 순간에도 견지하는 사람은 거의 없을 것이다.

다른 존재로서의 서러움에 익숙해지고 많은 어려움을 딛고 내 자리를 찾는 데 성공했다면, 어쩌면 그곳에서 계속 머물고 싶어질 수도 있다. 또 나의 자리가 점점 온기를 찾아, 떠나온 곳보다 편안해질 수도 있다. 다만 그렇더라도 기억해야 한다. 그것은 나만의 느낌이라는 것을. 나를 보는 사람들의 눈에 나는 여전히 초대받지 않았던 사람이며, 원래는 그곳에 없었던 외부인임을. 다른 나라에서 온 사람은, 아무리 오랜 시간이 지났어도 영원한 이방인임을.

한편 다른 나라에 산다는 것은 중력을 거스르는 압도적인 자유이기도 하다. 누구도 나를 모른다는 것은, 비로소 나 자신으로 살 수 있다는 의미도 된다. 나는 한국을, 그곳에 두고 온 나의 사람들을 마음에 묻어 두고 늘 그리워하지만, 그리하여 떠나올 때마다 남몰래 눈물을 훔치기도 하지만, 긴 시간을 날아와 파리의 공항에 서면 형언할 수 없는 해방감을 느낀다. 지난 스무 해 동안, 언제나 그랬다. 흡연인이던 시절에는 파리에 도착하자마자 특유의 회색빛 하늘 아래 바람의 쌀쌀함을 느끼며 피우는 담배 한 대가 참 좋았다. 금연인이 된 지 10년이 넘은 지금도 그 순간의 희열을 기억할 정도다. 그것은 장시간의 비행 끝에 닿게 되는 그 어느 공항에서도 느끼지 못할 감정이다. 다시 시작될 소외감과 고독에 마음이 베여 비릿하면서도, 익명의 존재로 돌아왔다는 해방감과 자유로움에 고조되는 양가적 감정이다. 자발적인 이방인만이 느낄 수 있는, 기꺼운 고통이다.

내게는 파리에서 만나 친해졌으나, 한국에 돌아가서 살고 있는 지인들이 많이 있다. 다정하지 못한 나와 아마도 비슷한 성격으로 친해졌을 그들이지만, 내게 자주 안부를 물어 온다. 나는 그들이 특별히 내가 그리워서 연락을 하는 게 아님을 안다. 파리의 에펠탑과 개선문이 그리운 것도 아닐 것이다. 그들은 나를 통해, 한때 젊음의 날들에 파리에서 보냈던 시간을 떠올리고 그립다고 이야기하는 것이다. 당시의 외로움과 조금 아팠던 사랑과 이방인의 타이틀 뒤에 숨어 익명의 삶을 살 수 있었던 자유가, 그 공기가 그리운 걸 거다. 아시아인이라서, 외국인이라서 무시당했던, 억울한 일투성이던 시절이지만, 그런 설움 같은 건 다 잊었을 것이다. 자신을 있는 그대로 마주해 본 사람만이 느낄 수 있는, 마음속 깊은 곳에서부터의 해방감이 그리운 것임을, 나는 잘 알고 있다.

그래서 사람들은 자발적인 이방인이 되기를 다시 꿈꾸는지도 모른다. 모르는 도시의 길목에서, 모르는 사람들 사이에서, 온

전한 '나'로 존재하는 일의 짜릿함을 알고 있으니까. 그 황홀한 고통은 직접 느껴 본 사람만이 감각할 수 있다. 그러므로 나는 '다른 나라에서 새로 시작하는 일'에 대해 물어 오는 이들 앞에서, 그저 입을 다물고 미소만 짓게 되는 것이다.

# 2

오랜 집을
떠나다

*Quitter le vieux foyer*

# 자본주의의 한복판에서 깨달은 것

*Ouvrir les yeux dans*
*le capitalisme*

시작은 2020년 2월 23일 일요일 오후 4시경 뉴욕 센트럴파크에서였다. 코로나바이러스가 이미 도시 곳곳에 퍼져 있는 것을 몰랐던, 아마도 향후 몇 년을 합쳐 가장 평화로웠을 일요일이었다. 찬 기운 사이로 기분 좋게 쏟아지던 햇살 아래 미국 드라마에서처럼 뉴요커들이 조깅을 하고 있었다. 그리고 우리 부부는 공원 벤치에 앉아 격렬하게 말다툼을 했다.

휴가로 떠난 여행이었고, 서로의 이야기를 듣는 것 외에는 별다른 일정이 없는 가운데 시작된 논쟁은 '그래, 오늘 끝장을 내자'로 치달았다. 센트럴파크에서 여유 있게 오후를 보낸 후 지하철을 타고 이스트빌리지의 식당으로 가려 했던 그날의 계획은 홧김에 변경됐다. 공원에서 나왔지만, 대화의 열기가 식지 않아 자연스럽게 지하철역 입구를 지나쳤고, 침묵을 지키다가 언성을 높이기도 하며 발길 닿는 대로 걷고 또 걸었다. 저녁식사 따위는 문제가 아니었다.

주식시장에서는 '곰과 황소가 싸운다'는 말을 한다. 시장이 상승세를 탈 거라 예측하고 투자하는 사람을 황소, 시장의 하락에 베팅하는 사람을 곰이라고 표현한다. 거기에 빗대 보면, 부동산에 있어 남편은 비관적이고 단호한 곰이었고, 나는 오랫동안 곰이었으나 조금씩 낙관적인 황소가 되고 있었다. 그날의 화근은 한 문장의 말이었다. "파리에 돌아가면 집을 사자"는 말. 최근 몇 년간 우리 부부 사이에서 뜨거운 감자였고 어느새 금기가 되어 버린 그 화두를 과감하게 던진 사람은 나였다. 물론, 마음을 먹는다고 집을 척 살 수 있는 형편은 아니었다. 그랬다면 애초에 갈등 자체가 없었을 것이다.

바로 그게 문제였다. 은행에서 엄청난 대출을 받아야 할 거고, 그 후로 아주 오랫동안, 아마도 남은 인생의 대부분을 빚을 갚으며 살게 될 것이다. 프랑스 지방에 사는 사람들은 "그 돈을 주고 그 평수에 살다니" 하며 혀를 찼지만, 파리 부동산 시장은 매해 최고가를 경신하고 있었다.

남편 그래, 집을 산다고 치자, 도대체 몇 평짜리를 살 수 있을까?

나 물론 파리 집값이 비싸니까, 지금 사는 집 정도를 산다면 최선이겠지. 그래도 우리 집이 되면 공사를 해서 바꿀 수 있잖아.

남편 동네를 옮겨야 하잖아. 나는 우리 동네를 떠날 마음이 전혀 없어.

나 파리에 좋은 동네는 많아. 우리 동네가 너무 비싸면, 동쪽 옆으로 가면 되지. 요즘 그쪽으로 옮겨 가는 사람들 많아.

남편 알리그르Aligre 시장에서 멀어지면 삶의 질이 확연히 떨어질 거야. 게다가 같은 평수의 집에, 매달 돈은 더 들어갈 텐데. 지금 월세 정도로 이 정도 삶의 질을 보장하는 집이 있을까?

남편은 정말로 집 앞의 재래시장과 정육점 때문에 이사를 가지 않을 수 있는 사람이다. 우리 동네에는 파리에서 가장 오래된 대규모 재래시장이 있고, 한 달 숙성된 소고기 등심 스테이크를 1킬로그램당 29유로에 살 수 있는 정육점이 있다. 파리의 유명 레스토랑들이 단골로 등록되어 있는 곳이다. 좁다 좁다 하면서도 '그래도 이만한 집 없지' 생각하며 13년을 살았던 이유 중에는 이 동네가 우리 두 사람의 삶의 질을 높여 준다는 사실도 있었다. 특히 요리를 좋아하는 남편에게는 재래시장이, 내게는 집의 위치가 그랬다. 이 동네는 파리 지하철의 주요 노선 네 개가 교차하는 곳이고, 웬만한 중심가는 모두 걸어서 15분 거리에 있다. 회사까지는 지하철로 두 정거장, 도보로는 40분이 걸린다. 무엇보다 우리가 좋아하는 식당과 빵집 들이 동네에 즐비했고, 극장도 집 주변에만 다섯 개 이상이다.

남편은 또한 파리의 부동산 시장이 버블에 가깝고 곧 붕괴될 거라고 확신했다. 집은 그때 사도 늦지 않다는 것이다. 경제적으로 따지자면 사실 나도 확신이 없었다. 파리 부동산 시장이 정말 버블인지, 시세가 더 오를지를 어찌 알겠는가. 집값이 오르든 내리든, 평생 살 집이라면 무슨 상관인가 할 수도 있지만, 요점은 우리가 매달 지불하는 월세가 시세보다 훨씬 싸다는 데 있었고, 매우 안정적인 시스템 안에서 앞으로도 오랫동안 살 수 있다는 데 있었다.

전세 제도가 없는 프랑스에서는 부동산 거래 형태가 매매 혹은 월세뿐이다. 우리나라에서는 월세가 집을 소유할 수 없을 때 어쩔 수 없이 선택하는 옵션 같은 느낌이지만, 프랑스에서는, 특히 파리에서는 집을 소유하는 것과 빌리는 것 중 무엇이 더 경제적인지를 두고 의견이 늘 분분하다. 세입자 보호 정책과 월세 인상폭 상한제 덕분이다. 간단히 말해 프랑스에서는 집주인이 마음대로 세입자를 쫓아낼 수 없고, 월세를 인상할 수도 없다. 법적으로 집주인이 세입자를 내보낼 수 있는 경우는, 집을 매매해야 하거나(세입자에게 구매 우선권이 있다), 본인이 입주해서 살아야 할 때뿐이다. 매매하는 경우 임대 계약기간이 끝나기 전에 세입자를 내보낼 수 없고, 본인이 입주할 경우 최소한 6개월 전에 예고해야 한다. 세입자에게 법적으로 커다란 잘못이 있을 때는 계약 정지가 가능하나, 그런 경우에도 겨울에는 세입자를 내보낼 수 없도록 법으로 정해 두었다. 월세 인상은 1년에 한 번 임대계약서에서 정한 기간에만 가능하다. 프랑스 통계청은 실제 월세 인상률을 분기별로 발표하고 있는데, 2012년부터 2021년까지의 비율을 살펴보면 0퍼센트인 경우를 포함해서 아무리 높아도 2.2퍼센트를 넘지 않았다.

우리 월세 계약은 5년마다 자동 갱신되고 있었다. 지난 13년 동안 집주인과 연락을 한 일은 손에 꼽을 정도였다. 월세는 매해 인상됐지만, 인상폭이 워낙 낮아서 1년에 5~10유로 정도였다. 13년 동안 파리의 부동산 가격은 폭등했지만, 월세는 거의 오르지 않았다고 볼 수 있다. 지금 사는 집과 비슷한 집을 다시 구한다면, 최소한 월 500유로는 더 부담해야 할 것이었다. 그러니 지금 이대로가 가장 경제적이라는 남편의 말에도 일리가 있었다.

그러나 13년을 살아온 집은 너무 낡았다. 겉으로 보기에는 멀쩡했으나 파리 대부분의 집들이 그렇듯이 지어진 지 100년이 넘은 터라 누수 문제가 끊이지 않았다. 주방을 비롯해 공사를 해서 새로 고쳐 쓰고 싶은 곳 또한 한두 군데가 아니었다. 그러나 내 집도 아닌데 왜 공사를 하겠는가. 우리는 이 문제를 두고 매번 같은 패턴으로 수년째 이야기하고 있는 중이었다.

인생의 전환점이 되는 중요한 생각들은 의외의 순간에 찾아온다. 스무 살 이후로 내 의지로 만들어 낸 굵직한 일들은 대부분 그렇게 시작됐다. 스물일곱 살의 어느 가을 저녁에는 설거지를 하고 주방에 앉아 창밖의 은행나무를 바라보다가 '내 영화를 만들어야겠다'는 생각을 갑자기 하게 됐다. 너무나 선명한 확신이 그 순간 들었고, 이듬해에 첫 단편영화를 만들었다. 그 영화는 역설적으로 영화를 하지 않아도 살 수 있겠다는 판단을 하는 데 좋은 기준이 됐다. 또 2013년 1월, 파리로 가는 밤 비행기를 기다리던 어느 공항의 카페에서는 목적을 가지고 글을 써 보자는 생각을 했다. 그래서 파리에 돌아온 다음 날부터 매일 새벽에 일어나 글을 썼다. 그 습관은 현재까지도 이어지고 있고, 이후 내 삶의 많은 것들이 변했다.

그날 센트럴파크에서도 그랬다. 총체적인 변화가 반드시 필요하다는 확신이 강렬하게 들었다. 겉으로 보기에는 모든 일이 잘 돌아가고 있었으니 딱히 무엇이 문제라고 꼽을 수는 없었다. 다만 현재의 상태를 그대로 지속할 수 없다는 생각이 뚜렷하게 떠올랐다. 돌아보는 지금은 그때의 문제가 무엇이었는지 정확히 보인다. 너무 오래 방치하며 살아온 나머지, 더 이상 문제로 보이지 않게 된 모든 것들이 문제였다. 대표적으로 집의 상태가 그랬고, 우리 두 사람의 관계가 그랬다.

뉴욕의 공원에서 나는 집을 바꾸어야 한다고 직감했다. 감당하기 버거울 수 있는 어떤 일을 저지른 후, 그 결정에 책임지면서 생길 수 있는 긴장감이 두 사람의 미래에 활력으로 작용할 수도 있다는 기대도 했다. 우리는 너무 오랫동안 고여 있었다.

남편의 의견은 새로울 것도 없었다. 수십 번 반복된 대화로 이미 그의 생각을 잘 알고 있었다. 그럼에도 그날은 자꾸 화가 났다. 스스로도 집을 사는 게 좋은 결정인지 자신이 없으면서, 남편의 동의를 받아 내지 않으면 견딜 수 없을 것 같았다. 견해 차이 때문만은 아니었다. 대화가 이어질수록, 남편의 비관적인 미래 전망에 부딪힐수록, 어렴풋이 이런 의문이 들기 시작했다.

'혹시 이 사람은 부동산이 아니라 나와의 미래를 비관적으로 보고 있는 건가? 평생 빚을 갚는 게 문제가 아니라, 나와 함께 해

결해 나가야 한다는 사실이 무겁게 느껴지는 건가?'

그래서 나는, 마치 인류의 재앙을 예고하는데 사람들이 믿지 않아 속 터지는 예언가처럼, 사상 최저의 은행 이자와 선택의 여지가 없는 재테크를, 다가올 경기침체와 아직 몇십 년이 남아 있는 노후의 삶을 목청 높여 이야기했던 것이다. 오직 "그래, 우리 함께 평생 은행 빚을 갚아 보자"라는 말 한마디를 듣기 위해서.

집은 경제적인 이유만으로 살 수 있는 게 아니다. 지금과 맞바꿀 이후의 삶에 설렘을 느낄 때에야 미래를 저당 잡히고도 기꺼울 수 있다. 우리 두 사람에게 집 구매는, 집과 함께 닳고 닳아가는 관계를 겸허히 인정하는 계기였으며, 관계를 점검하고 미래를 다짐할 기회였다. 집의 공동구매야말로 결혼서약보다도 더 진지한 마음이 필요한 일임을, 그날 밤 세계 자본주의의 심장부에서 우리는 무의식적으로 깨닫고 있었다.

# 월셋집, 너는 자유다

*Location, tu es la liberté*

프랑스에서도 대부분의 사람들은 경제적으로 안정을 찾으면, 목돈이 모였거나 갑자기 생기면, 서둘러 집을 산다. 부동산은 프랑스인들이 가장 선호하는 재산 형태이자 재테크 수단으로, 80퍼센트의 프랑스인들이 자기 집 소유를 꿈꾸고 있다고 한다.§ 내가 아는 프랑스인들을 하나씩 떠올려 보면, 20대나 30대에 부모의 도움 없이 은행대출로 집을 마련한 이들이 있고, 40대에 월세를 내는 이들이 있다. 집을 소유한 사람들에게는 대부분 파리에서 멀어졌다는 공통점이 있고, 파리에서 자기 소유의 집에 살고 있는 소수의 사람들에게는 부모의 (엄청난) 도움을 받았다는 공통점이 있다.

§ 부동산 뉴스 사이트 메디치스Medicis 2021년 10월 28일 뉴스 '프랑스인은 부동산 구매를 꿈꾼다Les Français rêvent d'achat immobillier'.

유동인구가 많고, 평수가 작은 집이 대부분이며, 집값이 비싼 파리에는 주택 소유자보다 월세 임차인이 더 많다. 프랑스 통계청에 따르면, 2018년 기준 파리 거주자의 33퍼센트는 자기 집(제1거주지 기준)을 소유하고 있고, 62퍼센트는 월세 거주자며, 5퍼센트는 무료 임대주택에 거주하고 있다.[§] 전국적으로 자기 집을 소유하고 있는 인구의 비율이 약 58퍼센트[‡]에 이르는 것을 볼 때, 파리가 특수한 상황임을 알 수 있다. 또한 프랑스 구글 검색창에 'acheter(구매하다)'라는 단어를 입력하면 '구매 혹은 임대', '파리 아파트 구매 혹은 임대', '구매와 임대 중 무엇이 경제적인가'라는 문장들이 자동 검색어로 뜬다. '집은 꼭 소유해야 하는가?'라는 질문은 프랑스 경제신문의 단골 기사이기도 하다. 우리 부부와 같은 고민을 하는 사람들이 많다는 방증일 것이다.

유럽중앙은행이 기준금리를 0퍼센트로 고정한 2016년 이래, 프랑스의 대출금리도 지속적으로 하락했다. 최근 몇 년 사이에는 정규직 직장인이기만 하면, 혹은 그에 상응하는 경제활동이 증명되기만 하면, 신용대출이나 주택담보대출을 쉽게 받을 수 있었다. 그렇게 해서 낮은 이자율에 20년 이상 장기간에 걸쳐 대

---

[§] 프랑스 통계청(INSEE) 2018년 발표 자료.

[‡] 프랑스 통계청 2022년 발표 자료.

출금을 나누어 갚을 수 있다. 프랑스 정부도 부동산 매매를 부추기는 추세다. 게다가 80퍼센트의 프랑스인이 자기 집 소유를 꿈꾼다고 하지 않았나. 그런데도 구매와 임대 사이에서 이렇게 망설이는 사람들이 많은 이유는 무엇일까?

친구 카롤린은 광고회사에 다니는 30대 후반의 직장인이다. 친구의 친구로 처음 만났던 몇 해 전, 카롤린은 파리시청 근처 방 두 개짜리 아파트에서 월세 1,200유로를 내며 전 남자친구와 살고 있었다. 그 집에 처음 살기 시작했을 때는 남자친구였으나 곧 헤어져 이미 1년째 각자 침실만 분리한 채 평화롭게 살고 있는 와중이라고 했었다. 2년 전, 드디어 카롤린이 그 집에서 나와 파리 7구에 월셋집을 새로 구했다고 했을 때 물어본 적이 있다. 정규직으로 직장생활을 오래했는데 왜 집을 사지 않았냐고. 카롤린은 당연한 걸 물어본다는 듯이 이렇게 말했다.

"파리 집값이 얼마나 비싼데! 산다면 지금 사는 동네는 어림도 없고, 외곽으로 나가야 할 텐데? 게다가 20년 동안 매달 지금 내는 월세보다도 더 많은 대출금을 갚아야 하잖아. 무엇보다, 당장 내년에 어떻게 될지도 모르는 상태였으니까. 그 직장에 계속 다닐지, 내 회사를 차릴지도 고민이었고. 저축한 돈을 그렇게 쓸 수는 없었어."

그리고 잠시 망설이다 덧붙였다.

"나는 마흔 전에는 아이를 낳고 싶었단 말이지, 지금도 그렇고."

짧게 정리하면, 현재의 삶이 어떻게 변화할지 모르는 상황에서, 게다가 그 변화를 꿈꾸는 마당에 20년 상환 대출을 받을 수는 없었다는 말이다. 결국 카롤린은 작년 봄, 다니던 직장을 그만두고 1인기업을 창업했고, 현재의 월셋집을 사무실로 등록했다.

친구들 중 집을 산 사람이 거의 없던 약 10년 전에 일찌감치 집을 구매한 친구 커플도 있다. 두 사람은 모두 이재에 매우 밝은 편인데, 지금은 당시 집을 구매했던 것을 후회한다고 했다. 집을 사고 5년 후에 한 명이 지방으로 발령이 나는 바람에 집을 급하게 팔아야 했으나 뜻대로 되지 않았고, 결국 손해를 봤기 때문이다. 그들은 당시 크게 상심했고, 지금까지도 "차라리 그 돈을 주식에 투자했으면……" 하며 아쉬워한다.

남편의 회사 동료인 마튜도 있다. 결혼을 하고 아이 둘과 살고 있던 그는, 몇 해 전 이혼을 하고 월셋집을 구해 나왔다. 왜 집을 사지 않았는지 묻자 그가 말했다.

"아이들이 주말마다 오니까 방이 최소한 두 개는 있어야 하잖아. 그런 집을 사려면 외곽으로 나가야 하는데, 아이들을 파리 외곽에 머물게 하고 싶지는 않거든. 파리에 있어야 문화생활이

편하니까. 아이들 클 때까지는 파리에 있고 싶어. 무엇보다 내 상황이 앞으로 어떻게 변할지도 모르고."

파리 사람들이 소유와 임대 사이에서 고민하는 가장 표면적인 이유는 파리의 집값이 감당하기 어려운 수준으로 올라 있기 때문이지만, 그보다 더 현실적인 이유는 점점 불안정해지는 우리의 라이프스타일에 있다는 결론을 내려야 할 것 같다. 본질은 시간에 있다. 빚을 지고 집을 사는 일은 시간을 견디는 일이다. 20년, 더 길게는 25년 동안 현재의 수입을 유지할 수 있어야만 집을 온전히 소유할 수 있다. 그러나 우리 대부분은 당장 내년의 삶도 내다볼 수 없는 사회 시스템 속에서 살고 있으며, 20년이 얼마나 긴 시간인지, 삶이 얼마나 달라질 수 있는 시간인지 잘 알고 있다. '평생직장'의 개념은 구시대의 유물이 되어 가고, 노동시장에서 나의 경쟁력은 나이가 들수록 현저히 떨어진다. 세계는 역동적으로 변화하고 그에 따라 일자리의 지형도도 달라진다.

더 큰 불안정성은 역시 관계에서 온다. 내가 뉴욕 한복판에서 느낀 것처럼 두 사람이 20년이 넘도록 함께 빚을 갚기로 하는 결심에는 때로 결혼서약보다도 더 큰 다짐이 필요하다. 모든 계약이 그렇듯이, 대출 역시 상황이 안 되면 얼마든지 합법적으로 중단할 수 있지만, 그 과정은 얼마나 복잡할 것인가. 둘이 함께 지불하던 대출금을 이후에 혼자 지불할 수 있다면 다행이지만,

그렇지 못할 확률이 더 크다. 내가 이런 얘기를 하면 엄마는 "너 이혼 생각하니?" 하며 화들짝 언성을 높이지만, 이혼은 꼭 하고 싶은 마음이 없더라도, 늘 하나의 옵션처럼 염두에 두고 있어야 한다는 게 개인적인 생각이다. 함께 사는 것이 형벌처럼 느껴지면 자연스럽게 선택하는 쉬운 것이 되어야 하지 않을까. 결혼보다 동거를 하는 인구가 더 많은 프랑스에서는 두 사람이 함께 서명해야 하는 20년의 은행대출도 다른 곳에서보다 더 예민하게 구속으로 느껴질 수 있다.

이런 생각까지 하고 있노라면, 평생을 세입자로 사는 게 속 편하다 싶다. 월세만 내고 살면서, 원하는 대로 새로운 집으로, 새로운 동네로 이사를 다닐 수 있는 삶이란 얼마나 자유로운가. 흔히 월세는 버리는 돈이고, 은행대출금은 모으는 돈이니 집을 사는 게 더 경제적이라고 말들 하지만, 따져 보면 꼭 그렇지도 않다고 한다. 집을 구매하는 비용에 대출이자, 공증인 비용(집값의 약 7퍼센트), 부동산 중개 비용(집값의 평균 5퍼센트), 매해 지불하는 부동산세, 20년이 넘는 기간 동안 집 한 채에 들어갈 평균적인 수리비 등을 넣으면, 동일한 집에 20년 동안 월세를 내는 것이 더 경제적이라는 통계를 본 적이 있다. 20년 동안 월세에 버금가는 금액을 매월 차곡차곡 상환해 내 집을 갖게 되는 것이 아니라, 20년치 월세에 '소유 비용'까지 더해야 한다는 것이다(소유 비용이 22년간 임대료 총합의 약 65퍼센트인 경우도 있었다). 이는 공증인 비용과 부동산 중개 비용이 비싸고, 매해 임대료 최대 인상률을 국가에서 정하고 있는 프랑스의 경우다.

한편, 세입자로서 자유를 누리기 위해서는 기본적으로 원하는 집을 자유롭게 임대할 수 있어야 한다는 점도 간과할 수 없다. 세입자 보호법이 강력한 프랑스에서는 집주인들이 세입자를 매우 신중하게 '선발'한다. 그러므로 식구가 늘거나 줄어서 혹은 '그냥 다른 동네에서 살아 보고 싶어서' 이사를 하려면, 사실 충분한 경제력이 필수다(최근 파리의 집주인들은 월세의 세 배에 해당하는 월수입 증명을 요구하는 추세다). 자신이 원하는 집이면 어디든 빌릴 수 있는 경제적 안정성을 갖추고 있다는 전제 하에서만 비로소 월셋집은 그야말로 자유다.

종종 이런 말도 듣는다. 집 문제에서 자유로워지기 위해 집을 소유하는 거라는. 사고 나면 이후에는 집 고민에서 벗어날 수 있다는 얘기인데, 수십 년을 빚 갚기에 맞추어 사는 삶이 과연 자유로운가? 그런 낙관은 시간이 무조건 내 편이면 좋겠다는 막연한 바람 같은 게 아닐까? 삶의 불안정성과 시간의 냉정함을 이미 잘 알고 있으므로, 변화하지 않을 무언가를 소유하고 싶은 건 아닐까? 집도, 함께 빚을 갚는 상대와의 관계도 변하지 않기를 바라면서. 아니, 변하지 않도록 내가 만들겠다고 다짐하면서. 집을 소유하고 싶은 욕망은, 변화가 두려운 사람들의 자기방어 같은 것인지도 모르겠다.

# 무엇이 우리를 결심하게 했을까?

*Qu'est-ce qui nous*
*a fait décider?*

　뉴욕 한복판에서의 설전은 그날 저녁이 되어서야 진정이 됐다. 몇 시간 동안 격렬하게 대화하느라 온 에너지를 쏟으며 걸어 다녔더니 피로가 몰려왔고, 또 목이 말랐다. 관계가 17년을 넘어가면 이런 상황에서 어떻게 해야 상대를 달래고 내 목을 축일 수 있는지 본능적으로 안다. 남편이 먼저 긍정적으로 다시 생각해 보겠다고 말했고, 나 또한 못 이기는 척 고개를 살짝 끄덕였다. 그리고 대체 여기가 어딘지 알 수 없는 동네에서, 눈앞에 보이는 펍으로 허겁지겁 들어가 맥주잔을 부딪쳤다. 어쨌거나 지금보다 나은 미래를 도모해 보자는 진부한 다짐을 주고받으면서. 그 '나은 미래'를 위해서 지금까지 설전을 벌인 거라는 뒷말은 맹렬하게 올라오는 취기에 묻어 버렸다. 우리는 그렇게 또 한 번 인생의 터닝포인트에서 멀어졌다.

돌아오니, 파리는 이웃 나라 이탈리아의 전염병 소식으로 겁에 질려 있었다. 며칠 후 프랑스 국경이 폐쇄됐다. 주변 사람들은 내가 이탈리아가 아닌 그 반대쪽 미국에 다녀왔다는 사실에 안도했다. 프랑스 정부는 얼마 후 국가비상사태를 선포하고 이동금지령을 내렸다. 우리는 각자의 집에 갇혔다.

갓난아기 때를 제외하고 인생에서 그렇게 오랜 기간 집에만 머문 적이 있었을까? 그로부터 2개월간, 나는 단 세 번의 외출만 했다. 꼭 그러려던 것은 아니었으나, 적막한 거리와 가끔씩 마주치는 마약에 취한 눈빛들이 무서워서 쉽게 나갈 수가 없었다. 그토록 찬양해 왔던 우리 동네는 하루아침에 위험지대가 됐다. 책상 옆 창문 밖으로 건물 내부의 정원이 펼쳐졌으나, 밖을 바라볼라치면 창가에 서 있는 맞은편 이웃들과 자꾸 눈이 마주쳤다. 목 늘어난 티셔츠에 고무줄 바지만 입고 종일을 지내는 모습을 보이고 싶지 않아, 습관처럼 내내 커튼을 닫고 지냈다. 나와 남편의 물리적 세계는 거실과 방 하나의 작은 공간이 전부가 되었다.

그럼에도 답답하거나 우울하다고 느낀 적은 없었다. 집에서의 일상은 재택근무로 바쁘게 돌아갔다. 낮에는 각자의 공간에서 일을 했고, 저녁이 되면 지난 몇 년간 지하 창고에 고이 모셔

두었던 귀한 와인들을 덜 귀한 순서대로 한 병씩 꺼내 마셨다. 식품은 온라인으로 주문하면 당일 배송되었고, 심지어 한국 슈퍼마켓도 온라인 플랫폼을 갖추어 무료 배달을 해 주었다. 물질적으로는 별다른 부족함이 없었다. 생각보다 괜찮은데, 싶었다.

나와 달리 남편은 자주 몸서리쳤고 하루에 한 번씩은 마스크를 쓰고 잠깐이라도 외출을 했다. 지나고 보니 내가 당시 지낼 만하다고 느꼈던 이유는, 단순해진 일상만큼 생각도 단순해진 데 있었다. 어쩔 수 없는 상황이면 빨리 체념하고 때를 기다리는 낙천적인 성격도 한몫했지만, 그 두 달 동안 나는 정말 별다른 생각을 하지 않고 지냈다. 얼마나 생각이 없었던지, 단 한 줄의 글도 쓰지 않았다. 오래전부터 최소한 3일에 한 번은 써 오던 일기조차도.

이동금지령이 풀리고서야 알았다. 두 달 동안 내가 무엇을 잃었는지. 내가 얼마나 바보가 되어 가고 있었는지. 마스크를 쓰고라도 산책을 하고, 친구를 만나 잠깐이나마 안부를 나누고, 서점에 들르면서 사람들이 살아가는 모습을 다시 보게 되니, 멈춰 있던 머릿속이 자극을 받고 움직였다.

코로나가 한창인 가운데 여름이 왔다. 휴가를 냈지만 마땅히 갈 곳이 없었던 우리는 파리에서 그동안 잘 다녀 보지 않았던 동네를 하루에 한 곳씩 가기로 했다. 그 여름의 어느 날, 해 질 녘 뷔트쇼몽공원Parc des Buttes-Chaumont을 발견했다. 파리에 20년 가까이 살았고, 주로 걸어서 이동하는 덕분에 웬만한 파리 사람보다 파리 지리를 잘 안다고 자부해 왔는데, "파리에 이런 곳이 있었다니!" 하고 탄성이 나왔다. 학생 시절 자주 다니던 뤽셈부르그공원Jardin du Luxembourg이나 회사 근처라서 자주 갔던 몽소공원 Parc Monceau과 비교할 바가 아니었다. 끝이 보이지 않는 녹음이 펼쳐져 있는데, 그 규모도 놀라웠지만, 숲속으로 비밀스럽게 펼쳐진 여러 갈래의 산책길과 곳곳에 차분하게 자리 잡은 카페들도 좋았다.

"왜 한 번도 와 보지 않았을까? 이렇게 좋은 곳이 있었다니, 믿기지가 않네."

중얼거리며 언덕을 한참 올라가니 탁 트인 하늘 아래 파리 시내가 한눈에 들어왔다. 웃음이 절로 나왔다.

그 해 질 녘 공원에서 다시 한번 생각했다. 이렇게는 안 되겠다고. 새롭게, 다른 곳에서 살아야겠다고. 갇혀 있어도 사색이 가능한, 우리가 꿈꾸는 모양의 삶이 가능한 환경을 만들어야 한다고. 센트럴파크에서 같은 생각을 한 지 6개월 만이었다. 이번에는 경솔하게 집을 사자는 말부터 꺼내지 않았다.

"이 동네에서 살면 너무 좋겠지? 여기 나와서 산책하면 운동도 되고 말이야.”

그는 고개를 바로 끄덕였다.

“그러게. 그런데 이 근처에 우리가 살기에 적당한 집이 과연 있을까?”

그렇게 그의 마음이 바뀌기 시작했다.


결정적인 사건은 그로부터 얼마 지나지 않아 일어났다. 1년에 한 번 이야기를 나눌까 말까 한 아래층 할머니가 찾아왔다. 우리 집에서 물이 새는 것 같다고, 아래층 천장의 페인트가 자꾸 갈라진다고 했다. 할머니와 우리는 서둘러 합의서를 작성해 각자 집 보험회사에 한 부씩 보냈다.

프랑스에서는 세입자는 물론이고 집주인도 모두 집 보험에 가입할 의무가 있다. 건물들이 대부분 100년도 전에 지어진 파리에서는 누수 문제가 너무나 흔해서 위층과 아래층의 집주인, 위층과 아래층의 세입자, 건물 관리사무소까지 각자의 보험회사가 자기들끼리 연락해 누수 문제를 해결한다. 이들의 가장 중요한 안건은 누구에게 책임이 있냐는 것이다. 그렇게 해서 누구의 보험회사가 책임을 질 것인가를 결정하는 데 몇 달이 걸릴 수도 있고, 때로 몇 년이 걸리기도 한다. 세입자인 우리가 할 일은, 보험회사와 집주인 측에 문제를 알리는 것뿐이다.

우리는 신속히 해야 할 일을 했다. 문제는, 그 모든 일이 8월에 진행됐다는 것이다. 영화 〈시민 케인〉의 감독 오슨 웰스는 〈F for Fake〉라는 다큐멘터리에서, 한여름 프랑스에서는 전화를 받는 사람이 없어 전쟁 소식도 전할 수가 없다고 농담을 했다. 이 동금지령으로 집에 갇혀 있어야 하는 형벌을 겪은 파리 사람들은 여름 바캉스가 시작되자마자 서둘러 시골집으로 떠나 버렸고, 이는 보험회사 직원들도 마찬가지였다.

혼자 살고 있고, 집 안에서 보내는 시간이 아주 많았던 아래층 할머니는 천장 페인트의 갈라짐을 매일같이 살폈을 것이다. 그리고 자주 우리 집 문을 두드렸다. 우리는 마땅한 답을 줄 수 없었다.

그 여름이 끝나갈 무렵 마침내 집주인을 대리하는 부동산 관리업체에서 문제의 원인을 분석할 기술자를 보내 준다고 했다. 좋은 소식이었으나, 그는 다음 주 월요일 오전밖에 시간이 안 된다고 했다. 아니면 그다음 주 수요일에 오겠다고 했다. 남편이 월요일 오전에 출근을 늦게 하기로 했고, 마침내 진전되는 상황에 아래층 할머니는 무척 기뻐했다. 하지만 그것도 잠시. 남편 회사에 급한 일이 생겨, 일주일을 더 기다려야 한다는 비보를 아래층 할머니에게 전했다. 그리고 그날 저녁 퇴근하고 집에 들어서자마자 나는 광분한 남편의 모습을 보았다. 실망한 아래층 할머니가, 이게 다 너희들 때문이라며 그동안 꾸물거리다가 지금까지 끌어온 것 아니냐고, 작년에 새로 칠한 벽을 다 어떻게 할 거냐고, 고래고래 소리를 질렀다는 것이다. 남편은 한 달 전부터의 상황을 되짚으며 설명했지만, 할머니는 전혀 들으려 하지 않았다고 한다.

누수 문제는 그 뒤로도 길게 이어졌다. 한번은 외출을 하고 돌아와 보니 욕실 바닥에 물이 흥건했다. 보험회사에 연락해 수리공을 요청했다. 수도관은 잠가 놓고 물을 사용할 때에만 잠깐씩 열었다. 수리공이 오기까지는 약 3주가 걸렸다. 손을 씻을 때마다, 설거지를 할 때마다, 라면 물을 올릴 때마다, 야채를 씻을 때마다, 변기 물을 내릴 때마다, 수도관으로 달려가 호스를 열고, 사용 후에 또 수도관으로 달려가 호스를 닫는 생활이 3주간 지속됐다. 우리는 급속도로 지쳐 갔다.

어느 밤, 잠들지 못하고 뒤척이던 남편이 침묵을 깨며 말했다.

"그냥 확 이사 갈까? 집을 사는 것도 좋은 것 같아. 집주인이면 이런 상황에서 공사라도 빨리빨리 할 수 있을 거 아니야. 우리 집도 아닌데 정말 왜 이렇게 고통받아야 하지?"

이번에는 내가 비관적인 곰이 되어 말했다.

"파리 집값이 얼마나 비싼데, 우리가 갈 수 있는 집이 있을까?"

　힘없이 대답했지만, 말하고 나니 조금씩 기운이 생겼다. 터널의 끝에서 빛이 흘러 들어오고 있었다.

# 파리를 떠나는 사람들
## *Quitter Paris*

5년 전의 일이다. 일요일 오후, 상드린과 친구 몇 명이 모였다며 연락이 왔다. 상드린은 내가 아는 프랑스 사람들 중 가장 '파리지엔' 같은 친구다. 미국 드라마에서 늘 판타지 한 겹을 입혀 신나게 묘사하는, 패셔너블하고 자유분방하며, 여름에는 꼭 한 달씩 해변의 바캉스를 떠나야 하지만 일에 대해서는 양보가 없는, 뭐 그런 파리지엔의 이미지와 가장 닮아 있는 친구다. 요즘 뜨고 있는 레스토랑이나 브런치 카페가 궁금할 때, 선물을 사야 하는데 어디에서 무엇을 사면 좋을지 모를 때, "혹시 아는 사람 중에⋯⋯" 같은 질문을 해야 할 때에는 늘 상드린에게 연락했다. 파리의 일상에서 상드린이 모르는 일은 거의 없었고, 또 그녀는 아는 사람도 참 많았다.

나가 보니 햇살 아래 노천카페에서 상드린이 쌍둥이 아기들이 탄 유모차를 옆에 두고 보르도 이주 계획을 이야기하며 신이 나 있었다. "보르도? 갑자기 웬 보르도?" 하는 내 반응에 상드린은 이렇게 말했다.

"작년에 내 동생이 보르도로 이사 갔잖아. 우선 보르도가 살기 편한 도시이기도 하고, 파리 아파트를 팔면 거기서는 마당 있는 주택을 살 수 있겠더라고. 아이들 때문이지 뭐. 무엇보다 동생네랑 공동육아를 할 수도 있고!"

그 말을 들으니 조금 이해가 갔다. 하루에도 수차례씩 전화 통화를 하고 메시지를 주고받는 상드린 자매는 아이도 비슷한 시기에 낳아 아이들의 나이도 비슷했다. 육아는 지척에 아이를 봐 줄 믿을 만한 사람이 있는지 없는지에 따라 질의 차이가 크다고 말해 준 사람이 상드린이었음을 떠올리니, 꽤 괜찮은 계획이라는 믿음이 들었다.

하지만 사람들이 쉽게 파리를 떠나지 못하는 이유는 밥벌이가 아니었던가. 무엇보다 상드린의 일 욕심은, 주변 사람들이라면 다 알았다. 그녀는 파리에 사무실을 두고 있는 변호사였는데, 나는 상드린을 알고 나서 변호사라는 직업을 다시 보게 됐다. 상드린이 출산 직전까지 침대에 누워 서류를 검토했다는 얘기를 들려주기도 했고, 주말에 함께 있다가 고객들의 전화를 받고 그들을 안심시키려 전전긍긍하는 모습도 자주 보았다. 보는 나까지 피곤해지는 광경이었다. 그럼에도 그녀가 일과 관련해 불평하는 걸 들어 본 적이 없다.

"그러면 일은 어떻게 하고?" 묻자, 상드린은 기다렸다는 듯이 말했다.

"그거 알지, 내년에 파리-보르도 고속철도 생기는 거? 이제 파리까지 두 시간 반이면 올 수 있어. 재택근무를 하다가 재판이나 미팅이 있을 때만 일주일에 며칠씩 파리에 오면 되니까 아무 문제가 없지. 마크는 보르도로 이직하려고 알아보고 있어."

그 누구보다 파리에 남아 있을 것 같던 상드린이 떠난다니 서운한 마음에 '아무리 고속철도라도 매주 기차로 이동하려면 힘들 텐데, 마당이 있는 주택이라면 파리 근교에도……'까지 생각하다가 깨달았다. 아마도 보르도 이주 계획의 시작은 '파리 근교로 이주'였을 것임을.


프랑스어로 대도시의 근교를 방류banlieue라고 부른다. 파리 사람들에게 있어 방류의 삶은 그저 파리에서 조금 떨어져 있다는 의미가 아니다. 그것은 매일 아침저녁 출퇴근길에 인파로 터져나갈 듯한 수도권 고속전철에 몸을 밀어 넣어야 한다는 의미다. 가능하면 파리에서 최대한 먼 지점에서부터 최대한 많은 사람을 실어 나르기 위한 목적으로 개설된 수도권 고속전철은 평균 3분에 한 대씩 도착하는 파리 시내 지하철보다 대기시간도 긴 편이고, 무엇보다 파업에 속수무책이다. 파업이 거의 연례행사처럼 한 해에도 수차례씩 발생한다는 것이 문제인데, 철도노조의 입장을 지지한다 해도 출퇴근의 고통은 부정할 수 없다. 외곽순환도로 역시 자주 막히다 보니, 자동차로 평소 30분 걸리는 곳을 파업 시기에는 세 시간이 지나야 도착할 가능성이 높다. 반드시 파리에 올 일이 있는 사람은 평소보다 두세 시간 전에 집을 나서는 것 외에는 방법이 없다.

어릴 때부터 오랜 시간 파리에만 살았던 친구들은 최근 몇 년 사이에 번뇌의 시기를 맞이했다. 혼자 혹은 두 사람이 살다가 아이가 생기면서 더 큰 공간이 필요해졌기 때문이다. 파리에서 아이들까지 편하게 지낼 수 있는 넓은 집은 월세든 매매든 프랑스의 타 지역보다 최소 두 배에서 일곱 배까지 비싸다. 그렇다면 파리를 떠나야 하는데, 어디로 갈 것인가. 눈물을 머금고 외곽으로 나가 수도권 고속전철을 탈 때가 온 것인가를 고민하게 되는 것이다. 나는 상드린처럼, 최근 5년 사이에 파리를 떠나 지방도시로 이주한 사람들을 아주 많이 알고 있다. 하나하나 떠올리다 보니, 수도권에 남아 있는 친구들이 이제 거의 없구나, 하는 자각이 들 정도다. 그들은 대부분 지방도시, 특히 보르도로 이사를 갔다. 상드린이 제일 먼저 떠나더니 파리 - 보르도 고속철도가 개통되는 시점엔 여러 명이 우르르 떠났다. 내 또래의 파리 사람들은 수도권 고속전철을 타느니 차라리 고속철도를 타는 삶을 선택한 것이다.

2016년 9월, 프랑스 경제전문지 〈레제코Les Echos〉에 실린 "보르도, 리옹, 낭트로 떠나고 싶은 파리의 관리직들"이라는 제목의 기사는 수도권 직장인들이 파리를 떠나고 싶어 하는 이유를 다음과 같은 묘사로 대신했다.

"또다시 연착되는 수도권 고속전철을 기다리고, 지하철을 갈아타기 위해 전철역 복도를 뛰어다니고, 월급의 대부분을 월세로 탕진한다. 수도권에 사는 대다수 파리 관리직들의 슬픈 삶의 풍경이다."§

이주하고자 하는 사람들을 굳이 "파리의 관리직들"로 한정 지은 점이 눈에 띄는 기사였다. 파리를 떠나고 싶은 사람들은 일반직, 전문직에도 많을 텐데, 왜 꼭 관리직일까?

§ 〈레제코〉 2016년 9월 기사 'Les cadres parisiens veulent s'envoler vers Bordeux, Lyon et Nantes'.

전문직이라면 월세든 매매든 파리의 부동산 시세를 감당할 여유가 되는 사람들이 많을 것이다. 일반 피고용자 신분의 직장인들은 떠나고 싶다고 바로 일을 벌일 만큼 경제적으로 여유가 있지는 않거나, 재택근무가 불가능한 직종에 종사할 가능성이 높다. 그러니 그 사이에서, 재택근무가 가능하고 출퇴근이 유연하지만, 파리에 큰 집을 살 여유는 없는 계층으로 관리직을 이야기했을 것이다.

기사는 수도권에 사는 관리직 직장인 3,689명을 대상으로 벌인 설문조사 결과, 10명 중 8명이 지방도시로 떠날 준비가 되어 있다고 답했고, 가장 떠나고 싶은 도시로 보르도와 리옹, 낭트가 뽑혔다고 밝히고 있다. 또한, 응답자의 75퍼센트가 3년 이내에 이주 계획이 있다고 답했고, 83퍼센트는 연봉이 깎이거나 다른 분야로 이직해야 하는 상황도 감수할 생각이 있다고 응답했다고 한다. 내가 20대부터 만나 오던 오랜 파리 친구들을 더 이상 파리에서 볼 수 없는 이유, 보르도에 갈 때마다 파리에서보다 더 많은 약속을 잡게 되는 이유가 이 기사 안에 있었다.

보르도, 리옹, 낭트는 모두 유서 깊은 대도시고, 파리까지 고속철도로 두 시간 안팎인, 교통의 중심지다. 특히 낭트와 보르도는, 오래전부터 프랑스에서 살기 좋은 도시로 랭킹되는 인기 도시였다. 그중 보르도는 최근 몇 년 사이 파리 사람들의 대거 이

주로 부동산 가격이 5년간 38퍼센트 오르며 2019년에는 그 최정점을 찍은 기록이 있다. 이후에는 코로나19로 가장 큰 폭락을 맞기도 했다.

코로나19가 유행하기 전 보르도로 이주한 친구들을 만나러 갔다가 식당과 카페 곳곳에서 이런 슬로건이 적힌 스티커들을 발견한 기억이 난다. "파리지앵은 집으로 돌아가라Parisien rentre chez toi." 거의 '양키 고 홈'과 같은 적개심이 느껴지는 문구였는데, 당황스럽기도 했지만 그들의 입장도 이해는 갔다. 이른바 젠트리피케이션 현상이 일어난 것이다. 고속철도 개통과 함께 몰려온 구매력 높은 파리 사람들 때문에, 월세가 오르고 물가도 올라 삶의 질이 떨어지니 현지 사람들로서는 짜증이 나지 않겠는가.

팬데믹과 몇 차례의 충격적인 봉쇄령을 겪은 후 이 현상을 돌아보니, 이게 다 시대의 흐름이었구나, 하는 생각이 든다. 아이를 출산하고 더 넓은 집이 필요할 때 우리의 부모 세대에게는 수도권 고속전철을 타고 도시 외곽으로 나가는 것 외에는 별다른 선택지가 없었으나, 이제는 달라진 것이다. 이동금지령 상황에서도 몇 달씩 재택근무를 하고, 화상회의를 하며 중요한 일들을 진행할 수 있었던 것처럼, 실질적으로 어디에서든 일을 할 수 있는 시대를 우리는 살고 있다. 재택근무, 원격노동이 가능한 일의 범위는 점점 더 넓어질 것이고 사람들은 개인적인 상황에 맞게 주거지를 선택할 수 있게 될 것이다. 문화, 의료, 교육 등의 인프라 때문에 도시에 남는 사람들이 여전히 많겠지만, 인구가 분산되면 인프라 또한 고루 발전하게 되지 않을까? 그런 생각을 하다 보면, 자연스럽게 고민하게 된다. 직장과 상관없이 정말 살고 싶은 곳에 살 수 있다면, 내게 가장 중요한 선택의 기준은 무엇이 될까? 정말 살고 싶은 나라, 도시는 어디인가? 그리고 집을 사는 것은 과연 옳은 선택인가?

# 현실의 맛

*Le goût de la réalité*

우리는 먼저 마담 프랑수아에게 연락했다. 평소 우리 두 사람의 수입을 도맡아 관리해 온 나는, 사회 초년생 시절부터 은행 담당자와 자주 만나 왔다. 알량한 재정 상태에 재테크라 부를 것까지도 없었지만, 최소한 억울하게 돈이 새어 나가거나 더 나은 조건의 은행 상품을 놓치는 일은 없어야 한다는 불안과 신념이 있었다. 은행 이자율이 0퍼센트로 곤두박질친 지난 몇 년 동안, 은행 담당자들은 매번 한 시간이 넘도록 내 질문을 들어 주고 다양한 조언을 내놓았다. 더 이상 은행 이자에 기대할 게 없어 주식과 부동산 사이에서 고민하는 내게, 자기 집 한 채는 '그래도' 있는 게 좋지 않겠냐고, 파리 집값은 절대 떨어질 리 없다고 말한 사람도 나의 은행 담당자 마담 프랑수아였다. (파리 집값은 그

후로 지금까지 몇 번의 하락을 보였다.)

우리 세 사람은 한 시간이 넘도록 머리를 맞댔다. 그래 봤자 고정수입은 각자의 월급이 다였고, 자산이라고는 눈 비비고 찾아봐도 티끌만 하다고밖에 할 수 없는 현금과 주식이 전부였지만, 그래도 우리가 가진 모든 것을 은행 시뮬레이션 프로그램에 입력했다. 대출 가능 금액과 대출이자가 대략 산출됐고, 그렇게 우리의 미래 라이프에 첫 번째 한계가 설정됐다.

이제부터 세상의 집들은 두 가지로 구분됐다. 우리가 살 수 있는 집과 절대 살 수 없을 집. 부동산 사이트에서 봐 두었던 집들은 모두 선 너머, 살 수 없는 집의 범위에 있었다. "그럼 그렇지" 하며 우리는 허탈하게 웃었다. 마담 프랑수아는 그런 우리를 안타깝게 보며, 돈을 더 끌어올 수 없냐고 물었다. 이게 이미 영혼까지 끌어모은 금액인데 어디에서 더 가져오라는 말인가? 어리둥절하게 바라보니 "부모님이 도와주실 수도 있고……" 하며 말끝을 흐렸다.

'마흔을 바라보는 두 명의 직장인이 이런 말을 들을 수도 있구나' 생각이 드는 동시에 머릿속에서 부모님들의 얼굴이 스쳐 지나갔다. 자식에게 늘 헌신적인 그들이 떠올라 잠시 마음이 푸근해졌다. 어쩌면…… 하는 기대감이 든 그 몇 초 뒤, 남편이 그건 안 된다고 딱 잘라 말했다. 부모의 도움은 받지 않는다는 원칙을 이미 세워 두고 있었던 것이다. 나는 10년 차 부부의 감으로, 그가 적어도 이 부분에서만큼은 양보의 의사가 없음을 알아챘다.

본격적인 집 찾기가 시작됐다. 부동산 포털사이트에 예산의 상한선과 원하는 최소한의 면적, 방의 개수를 입력하고 나니 파리 지도 위에 몇 개의 매물이 떴다. 집을 다 보러 다니려면 시간이 많이 걸릴 텐데 시간을 낼 수 있을까, 하던 걱정은 그 순간 사라졌다. 우리 조건에 맞는 집이 너무 없어서, 일주일에 하루나 이틀 반차를 내고 몰아서 방문하면 몇 주 내로 다 볼 것 같았다.

상황이 이렇게 되자, 우리는 우선 미래의 집에서 포기할 수 없는 것을 서로 이야기해 보기로 했다. 원칙이 있으면 판단이 더 명확하고 빠를 수 있으니까.

내 경우에는 좋은 집을 생각하면 늘 머릿속에 떠오르는 이미지 하나가 있었다. 제목이 기억나지 않는 한 프랑스 영화에, 주인공인 쥘리에트 비노슈Juliette Binoche가 햇살이 쏟아지는 거실의 창문 앞, 커다란 테이블에서 책을 읽고 글을 쓰는 장면이 있었다. 극장에서 그 장면을 보면서 '파리에서 저렇게 채광이 좋은 집은 얼마나 비쌀까. 저런 집에서 살면 참 좋겠다'고 생각했다. 이후 나는 햇살 가득한 넓은 작업실을 꿈꿨다. 수년이 지나도록 고스란히 가지고 있는 바람이다. 나만의 작업실이 아닌 모두의 거실이더라도, 확 트인 넓은 공간에서 책들에 둘러싸여 햇살을 받으며 작업할 수 있는 삶이 부러웠다. 환한 사색의 공간이 집의 중심을 차지하면 참 좋겠다고 생각했다. 그러니 내게 가장 중요한 조건은 채광과 전망이 있는, 탁 트인 거실이었다.

남편도 명확한 기준을 가지고 있었다. 지금 살고 있는 집보다 넓을 것. 그것이 유일하고 단호한 조건이었다. 그리고 우리 두 사람 공통의 조건이 있었다. 파리를 떠나지 않는다는 것. 친구들 대부분은 하나둘씩 파리를 떠나 외곽이나 지방도시에 자리를 잡았지만, 우리는 파리를 떠나고 싶지 않았다. 우리는 코로나가 아니라면 재택근무를 할 여지가 없는 직종에 종사하고 있고, 아이가 없고, 마당이 있는 주택을 필요로 하지도 않는다. 무엇보다 우리는 전형적인 도시형 인간들로, 파리를 사랑했다. 예술영화 극장, 미술관, 다양한 서점, 카페, 식당 등 파리에서만 쉽게 누릴 수 있는 문화 인프라에서 멀어질 마음이 전혀 없었다. 파리에 머물기 위해 지불해야 하는 비용이 적정한 수준인가는 또 다른 문제였다.

우리는 채광이 좋고, 지금 사는 집보다 넓고, 거실이 시원하게 트인 파리 시내 집을 찾아 나섰다. 이 조건을 다 갖춘 집이 우리의 예산 범위 안에 있을 리 없다는 비관적인 확신은 굳이 나누지 않았다.

파리의 집들은 한국과 달리 모두 제각각의 구조와 모양을 하고 있다. 기본적으로 옛날 귀족들의 라이프스타일에 맞게 건축된 집들을 현재의 1~2인 가구에 맞춰 나누어 놓은 경우가 많다. 그렇다 보니 들어가 보기 전에는 집의 구조와 창밖 전망이나 채광을 전혀 짐작할 수 없다. 이를테면, 복도를 따라 방들만 나란히 있고 거실 공간은 없는 집도 많다. 집이 큰 편이더라도 주방이 가장 채광이 좋지 않은 구석 자리에 있거나 두 사람이 들어가기도 힘들 만큼 좁은 집도 많다. 집의 구조와 모양에 따라 일괄적으로 가격이 매겨지지 않는다는 것은, 운이 좋을 경우 우리가 원하는 조건의 집을 만날 가능성이 있다는 의미도 된다.

제일 먼저 방문한 집은, 뷔트쇼몽공원에서 많이 멀지 않고, 영화 속 아멜리에가 돌을 던지며 놀던 생마르탱운하Canal Saint-Martin에서 가까운 아파트였다. 대출 가능 한도를 넘어설 수도 있는 버거운 금액이었지만, 웹사이트에 올라온 사진이 너무 좋아 보였다. 거실과 주방이 개방형이었고, 방이 두 개였지만, 큰 방 안에 가벽을 놓아 작업실처럼 꾸민 공간이 있었다. 무엇보다, 집의 모든 공간에 벽을 가득 채우는 커다란 창이 있어 채광이 좋을 것 같았다. 당장에 부동산에 전화를 걸어 평일 저녁으로 방문 약속을 잡았다.

우리는 반차를 내고 일찌감치 회사에서 나와 집 주변을 둘러보았다. 걸어서 공원을 오갈 만한지, 운하 주변으로 치안이 괜찮은지(당시 생마르탱운하 북부에서 마약 거래가 증가해 치안 당국이 골치를 앓는다는 기사가 자주 나왔다), 지하철에서 멀지 않은지, 집 주변에 마트와 시장은 있는지 꼼꼼히 살폈다. 모든 조건이 나쁘지 않았다. '아, 이 동네에서 살게 되는 건가' 싶어 설레기 시작했다.

복병은 다른 곳에 있었다. 해 질 녘, 부동산 중개인과 집 안으로 들어갔는데, 서로의 표정이 보이지 않을 만큼 집이 어두웠다. 실내 모든 조명을 다 켜자 그제야 사진 속 그 집의 모습이 나왔다. 서둘러 스마트폰으로 나침반을 보니 정확히 북향이었다. 게다가 거실 창으로 보이는 거리에는, 3층 높이까지 올라와 모든 빛을 다 가리고 있는 어마어마한 규모의 나무가 있었다. 집안 곳곳에는 아프리카, 아시아 등 다양한 나라의 인상적인 사진과 오브제들이 전시되어 있었고, 전문가의 것으로 보이는 음향장비가 멋지게 설치되어 있었다. 부동산 중개인에게 물으니, 사진작가와 뮤지션 커플이라고 했다. 순간 이해가 됐다. 이들에게는 어쩌면 아침의 채광이 중요하지 않을 수도 있겠구나. 멋진 집이었고,

향후 몇 년간 집값 상승이 충분히 예견되는 동네였지만, 어두운 북향의 집에서는 단 하루도 살 수 없을 것 같았다.

그 집에서 나와 지하철역을 향해 걸으며, 서로 말은 하지 않았지만 우리는 각자 '이게 현실이구나'를 깨달았을 것이다. 불을 켜지 않으면 서로의 얼굴도 잘 보이지 않는 그런 집조차도, 우리에게는 허덕이며 애를 써야 그나마 잡을 수 있을까 말까 하도록 비싸구나. 햇살 가득한 넓은 거실의 집은 우리에게 사치인 걸까? 마스크를 고쳐 쓰고 세정제로 수없이 손을 닦는 어깨 위로 피곤이 쏟아져 내리던 그 저녁을 기억한다.

어느 주말에는 바스티유광장Place de la Bastille 근처의 집을 방문했다. 살고 있던 집에서 걸어서 약 10분 거리였고, 번화가 중에서도 번화가인 위치에 비해 이상하게 집값이 그리 비싸지 않았다. 감당할 수 있는 액수였다. 복작이는 관광지 한복판에서 부동산 중개인을 만났다. 스페인 타파스 식당과 아이스크림 가게 사이의 대문으로 들어서자마자, '그럼 그렇지' 하는 느낌이 왔다. 식당 뒤편으로 이어지는 좁고 어두운 마당에는 커다란 쓰레기통이 여러 개 놓여 있었고, 주방 직원일 듯한 남자 두 명이 담배를 피우고 있었다. 그들을 지나쳐 맞은편 건물의 작은 문을 열면서 중개인이 서둘러 말했다.

"여기는 역사적으로 엄청난 의미가 있는 곳이랍니다."

문화재 등록이라도 된 것일까 싶어 관심을 보이자 중개인이
말했다.

"프랑스혁명 전 마리 앙투아네트의 말들이 머물던 곳이라고
하더라고요."

마리 앙투아네트라는 말에 잠시 '아, 그런 깊은 역사가!' 감
탄하는 나를 비웃기라도 하듯 남편이 말했다.

"아, 원래는 마구간이었군요."

좁고 가파른 계단의 2층으로 올라가 부동산 중개인이 문을
두드렸고, 안에서 젊은 남자가 문을 열었다.

들어서자마자 펼쳐진 공간의 안쪽에는 컴퓨터 모니터가 놓
인 책상 하나가 덜렁 자리 잡고 있었다. 젊은 남자가 우리에게
대충 인사를 하고 다시 책상 앞으로 가 앉았다. 중개인이 "지금
은 세를 놓고 있어요"라며 "여기가 거실입니다" 했다. 거실이라
고 말하지 않았으면 몰랐을, 어느 대학생의 자취방 같은 공간이
었다. 중개인은 서둘러 방의 오른쪽 벽으로 난 복도로 우리를 안
내했다. 짧은 복도에서 이어지는 방의 뒤쪽에는 그 거실만큼이
나 큰 주방이 펼쳐졌다. 거실의 단출함이 무색하도록 6인 가족
도 넉넉히 사용할 만큼 넓고 모든 것이 잘 갖추어진 주방이었다.
갑자기 분주하게 할 말이 많아진 중개인을 보며, 이곳이 이 집의
셀링 포인트임을 알아챘다. 하지만 주방이 아무리 크다고 해도

주방은 주방일 뿐, 2인 가구에게는 사치스러운 크기였다. 주방의 한편에는 위층으로 이어지는 좁고 가파른 계단이 있었다. "다른 방은 위에 있나요?" 묻자, 중개인이 "네, 올라가 보세요" 했다. 계단이 가팔라서 고양이는 올라가기 힘들겠구나, 생각하며 남편을 앞세워 조심스레 올라갔다.

위층은 건물의 지붕 바로 밑, 다락과 같은 곳을 개조한 방이었다. 지붕의 기울기에 따라 방의 가장자리는 천장이 낮았고, 들어가면서부터 허리를 숙여야 했다. 가장자리 지붕에 난 창문으로 고개를 빼고 밖을 바라보니, 반대편 지붕 위에서 고양이 한 마리가 우리를 구경하고 있었다. "어, 고양이!" 소리치니 남편도 다른 창문에서 고개를 빼고 밖을 내다봤다. 지붕 위로 고개를 빼고 나서야 마음이 조금 시원해졌다. 수많은 파리의 지붕들 위로 주황색 노을이 지고 있었다.

계단을 내려가며 "우리 고양이 때문에 이 집은 안 되겠어요. 계단이 너무 위험하네요" 했다. 중개인의 표정에 살짝 실망이 스쳤다.

아마도 그 집은, 단기 체류하는 관광객에게 빌려줄 용도로 몇 채씩 집을 관리하고 있는 어느 부동산 부자의 소유일 것이다. 코로나19 팬데믹으로 관광객이 뚝 끊기자, 급하게 팔려고 내놓은 집 중 하나겠지 짐작하니, 캘리포니아, 뉴욕 아니면 프랑스 남부의 커다란 아파트에서, 전화나 메일로 부동산 중개인을 닦달하고 있을 어느 거부의 모습이 떠올랐다.

돌아오는 길에, 그 동네의 부동산에 들렀다. 그래도 혹시 모르니 물어나 보자, 하는 마음에 작은 부동산에 들러 우리의 예산과 원하는 면적, 조건 등을 이야기했다.

부동산 주인은 우리의 조건을 '고객파일'에 입력하며 물었다.

"혹시 1층도 괜찮나요?"

"선호하지는 않지만, 다른 조건이 좋다면 괜찮아요."

그는 묵묵히 입력하고는 건조하게 말했다.

"우선 현재로서는 마땅히 보여 드릴 곳이 없네요. 매물이 나오면 연락 드리죠."

"아, 네, 혹시 나오면 연락 주세요."

그리고 멋쩍게 일어서서 나가는 우리의 등 뒤에 대고 그가 나직이 말했다.

"로또 당첨되면 그때 연락해요!"


우리는 어떤 표정이었을까? 나는 1분쯤 생각하고 나서야 그 말의 의미를 깨달았던 것 같다. 날카로운 장검이 살을 스치고 가는 느낌이 들었다.

그는 무슨 말을 하고 싶었던 걸까? 우리가 얼마나 말도 안 되는 꿈을 꾸고 있는지 일깨워 주고 싶었던 걸까? 아니면 말도 안 되게 천정부지로 치솟고 있는 파리의 집값을 이야기하고 싶었던 걸까?

내가 한동안 그 말을 떠올리며 분노했던 이유는 그 말의 의미를 전자로 해석했기 때문이지만, 지금은 그게 아니었을 수도 있다는 생각이 든다. 그 후로 여러 과정을 거치는 동안, 업계 종사자들이 "로또에 당첨되면"이라는 말을 농담처럼 습관적으로 하는 것을 들었기 때문이다. 파리의 좋은 집이란 마치 로또와 같이 엄청난 행운이 아니면 가질 수 없는 것이 되어 버렸음을, 물려받은 재산 없이 직장에 다니며 평범하게 사는 보통의 사람들이 파리에서 방 두 개 이상의 채광 좋은 집을 구매해 살 수 있는 유일한 방법은 그야말로 로또밖에 없음을, 가만히 생각해 보면 참 비상식적이고 화가 나는 그 사실이 어느새 농담거리가 됐음을, 그 모든 과정을 지나며 알게 됐다.

# 차이나타운에 산다는 것

*Vivre au quartier chinois*

파리 13구의 고층 아파트는 혼자 방문했다. 13구는 엄청난 규모의 차이나타운으로 유명하고, 또한 1990년대부터 추진된 고층 아파트 중심의 도시계획으로도 널리 알려져 있다. 개인적으로는 유학생 시절이 떠오르는 아련한 동네다. 자주 다니던 국립미테랑도서관이 그 근처여서 저녁이면 저렴한 중국 식당에서 친구들과 자주 모였었다. 사회인이 된 이후로는 회사와 집만 오가는 통에 자주 갈 일이 없었지만, 13구에 사는 한국 사람들의 주거 만족도가 높다는 이야기를 종종 들었다.

무엇보다 매물로 나온 집 앞에 지하철 14호선 역이 있다는 사실이 일단 가 보기로 한 결정적인 이유였다. 14호선은 자동화로 운행되는 무인 지하철로, 파리 지하철 파업의 영향이 없었다.

그 역에서 14호선을 타면 회사까지 직행으로 20분 내에 도착할 수 있었다. 가격도 나쁘지 않았다. 우리의 예산 내에서 충분히 가능한 정도를 넘어 매달 상환금 액수가 현재의 월세 정도였다. 그야말로, 차이나타운이어서 가능한 가격이었다.

어쩌다 놀러 갈 때의 느낌과 여기서 살 수도 있다는 가능성을 고려할 때의 느낌은 정말 달랐다. 지하철역에서 빠져나오면서부터 아시아인만 보이는 풍경이 너무나 낯설었다. 동네를 둘러보면서 한국에서 보낸 시절이 떠올랐다. 내게 가장 익숙한 우리나라 풍경은 대형 아파트 단지의 모습이다. 사방이 똑같은 모양의 건물들로 둘러싸여 있고, 그 사이사이로 편안한 차림을 한 주민들이 장바구니를 들고 오가거나 운동을 하거나 쓰레기를 정리하는. 그런 풍경이 파리 13구에 그대로 펼쳐졌다. 아파트 단지 주변으로는 엄청난 규모의 아시아 슈퍼마켓과 화려한 간판의 아시아 음식점들이 즐비했다.

이곳에 사는 한국인들의 만족도가 높은 이유는 아마도 익숙함과 편의성 때문일 것이다. 나는 이 익숙함을 좋아하게 될까, 아니면 진저리치게 될까? 우리는 밤늦게까지 가시지 않을 중국 음식점의 음식 향과 시끌벅적함을 즐기며 지내게 될까? 도무지 짐작이 가지 않았다.

마담 뒤보스크는 25년째 부동산 중개를 하고 있는 베테랑이었다. 건물 입구에 서서 쉴 새 없이 오르락내리락 하는 네 개의 엘리베이터를 바라보며, 건물의 장점과 특징에 관해 쏟아 냈다. 파리시의 건축물 보수 프로젝트에 선정됐다는 이야기, 시 차원에서 아파트의 에너지 효율을 높이는 공사를 예정하고 있는데, 이후 관리비가 매우 저렴해질 거라는 이야기, 엘리베이터가 고장이 나도 걱정이 없다는 이야기, CCTV 설치와 경비원 상주로 안전이 보장된다는 이야기를 듣고 있노라니 정신이 하나도 없었다.

　부동산 중개인의 설명이 크게 필요하지 않은 집이 있는가 하면, 필요한 집이 있다. 고객이 눈으로 직접 확인하고 어떤 인상을 만들기 전에 서둘러 장점을 말로 어필해야 하는 집들이다. 우리가 볼 집들은 아마도 대부분 후자겠지, 하는 예감이 스쳤다.


　13층의 집은 현재 살고 있는 집보다 다섯 평 정도가 큰 면적이었지만, 큰 차이가 느껴지지는 않았다. 이전 세입자가 20년이나 살았다는 집은 매우 낡았고, 입주 전 인테리어 공사는 필수적으로 보였다. 다만 한 가지, 넓은 거실과 햇살이 쏟아져 들어오는 창이 있었다. 창밖으로 파리의 지붕들과 높은 하늘이 펼쳐졌다. 고층 건물이 거의 없는 파리에서는 보기 드문 전망이었다. 마담 뒤보스크는 부동산 업계의 베테랑답게 셀링 포인트인 창 앞에서 거의 움직이지 않으며 계속 말을 걸었다. 내 시선을 창밖으로 유도하려는 듯 "파리에서 이런 전망의 집을 갖는 건 쉽지 않죠"라고 몇 번을 말했다. 거실과 주방을 트는 공사를 하면 집이 확실히 넓어진다며, 본인이 아는 건축업자를 소개시켜 주겠다고 했다. 집값에 공사 비용까지 잡아 보느라 바쁜 나의 머릿속을 읽은 듯, "집값은 공사 비용을 감안해 협상 가능한 거 아시죠?" 하며 전화기를 꺼냈다. 그다음 주에 건축업자와 만나 함께 견적을 내 보자면서 내가 보는 앞에서 건축업자와 바로 약속을 잡았다. 프랑스인으로는 보기 드문 신속함이었다. 그녀의 평소 스타일일까, 아니면 골칫덩이 매물을 얼른 팔아치우고 싶은 마음일까? 창밖의 전망과 채광에 마음을 빼앗긴 나에게 다른 곳으로 눈을 돌릴 긴 시간을 주지 않으려는 전략은 아닐까? 여러 가지 생각이 들었다.

집으로 돌아오며 아파트 단지와 동네 풍경, 아파트 내부가 담긴 사진과 동영상을 남편을 포함한 주변 사람들에게 공유했다. 친구들은 하나같이 "아, 그 13구 고층 아파트?" 하면서 바로 알은체들을 했지만 곧바로 "글쎄, 괜찮겠어?" 하는 반응을 보였다. "도대체 뭐가? 왜? 뭐 아는 거 있어?"라고 물으면 "아니, 나도 잘 모르지만, 차이나타운 괜찮겠니?" 같은 반응이었다.

모두가 안다고 생각하지만 막상 물어보면 자세히 아는 사람은 없는 곳이 차이나타운이었다. 남편은 "와, 재밌을 것 같은데! 외국에 사는 기분이겠다" 하며 나보다는 훨씬 구체적이고 확신한 의사를 표현했으나 "출근은 프랑스로 하고, 퇴근은 외국으로 하는 기분"을 이야기하는 걸 보고, 그의 의견은 당분간 참고하지 않기로 했다.

일주일 동안 알아보고 찾아보고 물어보면서 알게 됐다. 현대식 고층 아파트, 게다가 차이나타운에 사는 건 일반 프랑스인들에게는 호불호가 극렬히 갈리는 일이었다. 대부분의 프랑스인들은 불편하고 누수 문제가 끊이지 않아도, 천장이 높고 옛날식 구조를 가진 18세기 오스만Haussmann 스타일의 건물을 선호한다.

반대로 이 고층 아파트에 입주해서 살게 된 후 그곳을 떠나고 싶어 하지 않는 마니아 층이 있다는 사실도 알게 됐다. 고층 아파트가 주는 멋진 전망과 물가 싸고 접근성 높은 상권을 극찬하는 사람들도 많았다. 알게 될수록 나는 미궁에 빠져들었다. 집 가격은 현재 리스트에 올라 있는 매물들 중 가장 저렴했지만, 나는, 우리는, 과연 이곳에서 행복할까?

일주일 후 마담 뒤보스크와 건축업자를 만났다. 그날은 남편도 동행했고, 이후에 파리 17구의 아파트를 하나 더 보기로 한 터라 신속하게 이야기가 오갔다. 마담 뒤보스크는 벽과 주방을 터야 하고, 주방기구를 넣을 장을 짜야 하며, 욕실 공사도 해야 할 것이라고, 마치 본인이 들어와 살 것처럼 적극적으로 의견을 제시했다. 건축업자는 열심히 받아 적었고, 남편은 내가 일주일 전 그랬듯 창밖으로 그림처럼 펼쳐지는 해 질 녘 파리의 전경을 홀린 듯 바라보았다. 나는 마담 뒤보스크와 함께 건축업자의 수첩에 '드림 하우스'를 최선을 다해 그려 넣었다. 그러나 여전히 확신은 없었다. 어린 시절이 떠오르는 아파트 단지에 나는 과연 살고 싶은 걸까, 확신이 서지 않았다. 결국 이 집을 선택하지 않은 이유는 그날 저녁에 본 다른 집에 완벽하게 마음을 빼앗겼기 때문이지만, 그게 아니었더라도 우리가 과연 이 집을 사게 됐을지 모르겠다.

인생의 많은 선택들은 그 사람을 반영한다. 그중에서도 집은 특히나 그런 것 같다. 다만 집은 비싸고, 규모가 크며, 수많은 조건들을 고려해야 하므로 마음껏 선택할 수 있는 상황에 놓이기가 쉽지 않다. 차이나타운에서 사는 일에 관해 치열하게 고민했던 그 며칠 동안, 외면하고 지내 왔던 나의 한 부분을 목격했다. 나와 비슷한 사람들, 지리적으로 가까운 나라에서 온 사람들, 나와 비슷한 차별을 겪으며 살고 있는 사람들과 더불어 어린 시절을 끊임없이 떠오르게 할 동네에서 살아가는 일을 부담으로 느끼는 나를 보게 됐다.

20년을 이방인으로 살다 보면, 이방인이 정체성이 된다. 낯선 사람으로 여겨지는 일, 주인이 아닌 제3자로 여겨지는 일이 오래된 옷처럼 편안해진다. 그것이 서러워 가끔은 선택을 비관하지만, 이제는 오히려 낯선 사람이 아닌 익숙한 사람으로 여겨지는 것을 불편해하게 됐다는 사실을 깨달았다. 그러니 비슷한 사람들이 모인 아시아의 어느 동네보다 차라리 남미의 어느 동네가 내게는 더 편안할 수도 있는 것이다. 그곳에 있으나 속하지는 못한 사람으로 사는 일, 외롭지만 한편 자유로운 그 삶을 나는 계속 선택하고 있었다.

# 너는 내 운명
*Tu es mon destin*

파리에 살면서 많은 집을 보러 다녔다. 나보다 늦게 파리에 온 사람들, 각자의 이유로 몇 년씩 체류하게 된 사람들이 집을 보러 다니며 언어 때문에 소통의 어려움을 겪을 때 기꺼이 도왔다. 들어가 보면 모두 다른 구조를 가지고 있는 파리의 집들을 구경하는 일이 재미있었다.

집을 구하는 사람들은 늘 걱정이 많았다. 파리가 주택 수요에 비해 공급이 훨씬 적은 도시다 보니, 초조함은 더했다. "그냥 이 집으로 할까, 더 나은 집이 있으면 어쩌지?" 하는 걱정을 말하는 그들에게, 나는 늘 이렇게 답했다.

"집은 인연이 있는 것 같아요. 들어서는 순간, '이 집이다' 하는 느낌이 오는 집이 있더라고요. 초조해하지 말아요."

내 집이 아니니 가능한 말이었음을 내 집을 찾아다니면서 알 수 있었다. 이 집과 저 집의 가격에 따른 매월 대출상환금부터 대중교통 접근성, 출퇴근 동선, 집의 구조와 창의 방향, 수납공간의 크기, 공사 비용, 집값의 상승 또는 하락 가능성, 고양이에게 안전한 환경까지 고려하고 비교해야 하는 마당에 인연과 운명까지 느낄 틈은 없었다. 다만, 이미 모든 과정을 다 겪은 후 고생한 보람이 있었구나 하는 생각이 들 만큼 현재가 만족스러울 때, 그때는 그런 말이 자연스럽게 입에서 나오게 된다. "내가 이 집에 처음 들어섰을 때 말이야……." 지금 내 상태가 그렇다.

이 집에 처음 들어섰을 때 바로 '이 집이구나!' 하는 운명을 느낀 건 아니지만, 집을 둘러보며 한 가지 확신이 들었다. 파리의 집값이 폭락하지 않는 한, 혹은 로또에 당첨되지 않는 한, 이보다 나은 집을 갖게 될 일은 없다는 것. 모든 것이 기대 이상이었다. 그간 방문한 어떤 집보다 넓었고, 이노베이션 공사를 한 지 얼마 되지 않아 욕실과 화장실 등 새로 손볼 곳이 거의 없었으며, 거실과 주방도 벽을 이미 터놓았다. 전 주인이 요리를 좋아해 음식점을 열어도 될 만큼 오븐과 조리대가 전문가 수준으로 갖추어져 있는데, 모두 집값에 포함해 넘기겠다고 했다. 위치도 좋았다. 지하철 14호선 역도 집과 가까웠고, 그걸 타면 회사까지

30분이 채 걸리지 않았다.

무엇보다 우리 두 사람을 동시에 숨죽이게 만든 한 방이 있었다. 거실 벽의 한 면을 길게 차지하고 있는, 창밖으로 가득 펼쳐진 하늘이었다. 정면으로 고층 건물이 없어 파리 시내가 내려다보였고, 서쪽으로는 에펠탑 전체가 한눈에 들어왔으며, 동쪽으로는 몽마르트르 언덕 위에 그림처럼 서 있는 사크레쾨르성당Basilique du Sacré-Coeur이 한눈에 들어왔다. 우리는 에펠탑에 열광하지 않는 파리 시민으로 살아왔지만, 내 집 거실에서 보이는 전망에 에펠탑이 포함되니 설레는 마음은 어쩔 수 없었다. 우리 두 사람은 창 앞에 말없이 얼마간 서 있다가 서둘러 부동산 중개인 제니퍼를 불러 말했다. "이 집이 마음에 드는데 가격이 조금 부담되네요. 협상 가능성이 있을까요?" 하자, 우선 지원서를 내야 한다고 했다. 그 집에 들어선 지 10분도 채 안 된 시점이었다.

누구라도 혹할 만하게 장점이 많은 이 집이 어떻게 우리에게 왔을까. 생각해 보면 크게 세 가지 이유가 있다. 먼저, 이 집에는 결정적인 단점이 하나 있다. 파리의 외곽순환도로가 집 근처에 있고, 밤낮으로 엄청난 차량의 흐름이 창밖으로 펼쳐진다. 기본적으로 공기의 질이 좋을 리가 없고, 소음 문제도 예상됐다. 그래서인지 집주인들은 이미 두꺼운 이중창에 창을 하나 더 설치해 놓았고, 덕분에 집은 조용했으나 창문을 열면 소음이 컸다. 여름에 마음껏 창문을 열고 살 수 없을 것이 확실했다. 그 전 때문에 많은 사람들이 이 집을 놓고 망설였을 것이다.

우리 또한 수없이 고민하고 망설였다. 결국 마음을 잡게 만든 것은 주변 사람들의 조언이었다. 한국에 사는 지인들은 대부분 "우리 집 옆에도 큰 도로가 있어. 교통 좋은 도시에서 살기 위해서면 어쩔 수 없는 거 아니니" 하며 대수롭지 않다는 반응이었고, 얼마 전 이사한 동생은 "누나, 도로 소음이 문제가 아니고 층간소음이 문제야. 우리 윗집에는……" 하며 본인의 고통을 호소해 내 문제의 심각성을 경감시켰다. 친한 회사 동료는 "사무실에서도 차 소리 엄청 시끄러운데 창문을 제일 자주 열고 계시던데요"라며 허를 찔렀고, 한 친구는 "그건 치명적인 단점이지만, 다른 장점들도 너무 치명적이다"라고 말해 주었다. 프랑스인 친구들은 "파리시가 내연기관차 금지시키고 있잖아. 앞으로 전기차가 많아질 거고, 환경은 좋아질 수밖에 없어"라는 말로 희망을 주었다. 주변의 의견을 구하다 보니 확실히 한국 사람들보다 프랑스인들이 공해 문제를 훨씬 심각하게 받아들이고 있음을 알 수 있었다. 어쨌거나 모두의 의견을 정리해 보면, 단점이 크지만 다른 장점들을 포기할 만큼은 아니라는 것이었다. 우리에게 이 집이 올 수 있었던 가장 큰 이유다.

두 번째로는, 집을 급하게 내놓은 집주인의 사정이다. 최근 가장 유행하는 스타일로 이노베이션 공사까지 마친 젊은 부부는 이혼을 앞두고 있었다. 당시 그 집에는 30대 초반의 주인 여자가 세 살, 두 살 정도의 아이들과 살고 있었는데, 매번 만날 때마다 한없이 지쳐 보였다. 1차 이동금지 조치가 끝난 지 두 달이 넘어가던 시점이었다. 모든 일이 정지된 파리에서 그녀는 어린아이들과 갇혀 두 달을 보냈다고 했다. 아이들의 전학 수속을 위해서라도 한시라도 빨리 집을 팔고 떠나고 싶어 마음이 급하다고, 부동산 중개인이 귀띔해 주었다. 집이 그녀의 몫으로 남겨졌고, 모든 결정권도 그녀에게 있다고. 그렇게 그 집은 가치보다 저렴하게 나오게 됐다. 우리가 집주인이 설정한 것보다 더 낮추어 제시한 가격이 받아들여진 이유도 그 때문일 것이다.

그 집을 보고 돌아와 오래도록 뒤척이던 밤이 생각난다. 피곤에 눈이 감기면서도 그 집의 거실에 책장도 넣어 보고 테이블도 넣어 보면서 머릿속 시뮬레이션을 멈출 수가 없었다. 자꾸 심장이 두근거려 가슴 위에 손을 얹고 진정시켜야 했다.

프랑스에서 집을 매매하는 과정은 실로 길고 복잡하다. 집을 방문한 후 마음에 들면 집주인에게 지원서를 써서 보내는 게 첫 단계다. 집을 보고 온 다음 날 아침, 우리 두 사람은 만장일치로 지원서를 내기로 했다. 지원서에는 우리가 원하는 가격을 제시하면서, 어떤 방식으로 지불할 계획인지, 이를테면 자본금과 은행대출금은 얼마 정도가 될지를 모두 설명한다. 매수자의 은행대출이 거부될 경우 매매 과정(일반적으로 세 달을 잡는다) 중간에 다시 처음으로 돌아가야 하는 수고를 감수해야 하므로 매매인은 신중할 수밖에 없다.

그날 오후, 남편이 지원서를 작성해 메일로 보내왔다. 그 글을 읽고서 나는 잠깐 코끝이 시큰해졌다. 그리고 이 지원서가, 우리에게 그 집이 온 세 번째 이유가 됐다.

남편의 지원서에는, 우리의 소박한 재정 상태와 매매인을 불안하게 할 수도 있는 대출 계획만이 들어 있지 않았다. 수치로 표현되는 모든 정보들을 공개한 후, 그는 우리 두 사람의 직업과 관심사, 여가생활을 소개하고는 이렇게 썼다.

"당신의 집을 방문하고서, 우리는 행복해질 수 있다는 생각을 했습니다. 방 하나는 작업실로 꾸며 글을 쓰고, 커다란 거실 겸 주방에서는 요리를 즐기고, 다양한 사람들과 함께 나누어 먹고 생각하며 살고 싶습니다. 우리는 후회 없이 떠날 준비가 되어 있습니다."

그로부터 3주 후, 계약서를 쓰기 위해 만난 부동산 중개회사의 대표가 말했다. 다수의 지원서를 놓고 고민하던 집주인이 의견을 물어 왔을 때, 비교적 안정적이지 않은 재정 상태에도 우리를 추천한 것은 모두 지원서 때문이었다고. 모두들 그 집의 투자 가치와 가격 조정 가능성만을 이야기하고 있는데, 우리만이 그 집에서의 일상과 미래를 구체적으로 그리고 있었다고. 덕분에, 자신들의 일이 그저 '상품'이 아닌 누군가의 '삶의 장소'를 다루는 일임을 상기하게 됐다고. 누구보다 우리가 그 집에서 잘 살 것 같은 사람들이라는 확신이 들었고, 도와주고 싶었다고. 대표가 그 이야기를 하는데 사무실 여기저기서 각자 일을 하고 있던 직원들이 하나둘씩 고개를 들고 우리를 바라보았다. 그리고 우리를 향해 미소를 지으며 고개를 끄덕였다.

가계약서를 작성하고 돌아온 그 밤, 샴페인을 열고 축배를 들었다. 집을 보러 다니기 시작한 지 약 두 달 만이었고, 그 집을 처음 방문한 지 한 달 만이었다. 마음에 드는 집을 찾았다는 만족감과 새 출발의 희망에 마음이 들뜬 나를 보며 남편이 말했다.

"뭔가, 이상해. 이렇게 문제없이 흘러갈 리가 없는데."

못 들은 척 무시하고 넘겼지만, 그 말이 내내 마음에 남아 있었다. 그리고 슬픈 예감은 틀린 적이 없듯이, 그의 말이 맞았다. 순탄한 과정은 딱 거기까지였다.

# 두 눈 부릅뜨고 롤러코스터 타기

*Dans le grand huit*
*les yeux écarquillés*

우리보다 몇 개월 전에 우리와 비슷한 상황, 비슷한 재정 상태로 집을 구매한 친구, 필립이 있었다. 우리는 필립의 경험에 기대어 많은 어려움들을 사전에 예측할 수 있었는데, 그는 이런 말을 해 주었다.

"이제부터 정신 똑바로 차려. 너희에게는 대출받은 큰돈이 있고, 그걸 아는 사람들이 사방에서 달려들 테니. 그리고 모두가 알고 있지. 너희가 집 구매에 대해 아무것도 모르는 초짜라는 걸."

그 후로 3개월 동안 내 머릿속에는 눈을 감기만 하면 코를 베어 가려 기다리고 있는 사람들의 이미지가 둥둥 떠다녔다.

프랑스에서 집을 구매하는 과정은 크게 두 부분으로 나눌 수 있다. 가계약서를 쓴 이후 그 내용을 바탕으로 은행대출 승인이 떨어지기까지의 과정과 진짜 계약서에 서명하기까지의 과정이다. 10월에 집값의 10퍼센트를 선입금하고 쓴 가계약서의 효력은 다음 해 1월 초까지였다. 그 세 달 동안 매수자는 은행에서 대출 승인을 받아야 하고, 매매자는 집을 다른 사람에게 팔 수 없다. 세 군데 이상의 은행에서 대출이 거절될 경우에만 계약금을 상환받고 취소할 수 있다. 그러니 첫 번째 과정의 핵심은 은행대출 승인이다. 매수자뿐 아니라 매매자, 부동산, 각 측의 공증인들까지 모두가 한마음이 되어 매수자의 은행에서 승인이 나기를 기다린다. 그전까지는 모든 일이 스탠바이다. 그때까지만 해도 우리는 첫 번째 과정이 왜 세 달이나 걸리는지 전혀 이해하지 못했다. '대출받는 데 세 달이나 필요하다고? 설마⋯⋯' 싶었다.

가계약서와 두 사람의 급여명세서, 세금 납부증명서를 비롯한 엄청난 양의 서류를 은행에 제출하고 대출 신청을 하면, 은행은 그로부터 2주간 서류를 검토하고 결과를 알려 준다. 대출 가능 여부가 우선 중요하지만, 은행이 제시하는 이자율 또한 관건이다. 최근 몇 해 동안 유럽중앙은행은 기준금리를 0퍼센트로 고정시켰고, 프랑스 은행의 신용대출 및 주택담보대출 이자는 매해 최저를 경신해 2퍼센트 미만으로 내려가고 있었다. 예금금리가 낮아지자 은행들의 주력 상품은 대출이 되었고, 저소득층을 위한 0퍼센트 금리 상품까지 등장했다. 직장만 있으면 누구든 쉽게 대출을 받을 수 있었다.

우리의 경우, 타이밍이 좋지 않았다. 본격적으로 대출을 알아보기 시작한 그 시점에, 프랑스 정부는 코로나19로 인한 실업률 증가와 기업 파산이 이어질 것을 전망하고 금융기관들에 대출 조건의 기준을 높일 것을 압박하고 있었다. 시간이 갈수록 조건이 까다로워졌다. 일간지의 경제면에서는 높아지는 은행대출 거절률이 집값 하락으로 이어질 것인지 예측하고 분석하는 기사가 며칠에 한 번꼴로 등장했다.

우리는 당연히 지난 20여 년을 거래해 온 주거래 은행에서 간단히 대출을 받게 될 거라고 생각했다. 마담 프랑수아와 머리를 맞대고 대출 가능 금액을 산출해 보던 그날에 이 모든 일이 시작됐으니까. 하지만 이 또한 간단하지 않았다. 우리의 주거래 은행은 두 가지 조건을 제시했다. 자본금 비율을 좀 더 높이는 것과 고정금리 1.7퍼센트를 말이다. 이자율이 우리의 예상치보다 높았고 자본금을 더 마련할 수가 없었다. 마담 프랑수아는 자기네 은행에서 대출 승인이 더욱 엄격해질 것이 예상된다며 우선 다른 은행의 조건도 알아보라고 조언해 주었다.

프랑스에는 이 서비스를 대신해 주는 사람들이 있다. 일종의 중간 브로커, 쿠르티에courtier다. 그들은 은행들에 고객을 알선해 주고, 우리와 같은 사람들에게는 여러 은행의 이자율을 비교해 최저 이자율로 승인을 받아 준다. 프랑스 주택 매매 시스템의 틈새시장을 파고들어 파이를 키운 신종 직업군으로, 모두가 처음엔 '굳이' 이용하고 싶어 하지 않다가 결국 '어쩔 수 없이' 이용하게 된다고들 했다.

우리도 마찬가지였다. 한국 돈으로 200만 원을 웃도는 비용은 아까웠지만, 그를 통해 평생일 수도 있는 대출이자가 조금이라도 줄어든다면 남는 장사라는 결론에 이르게 됐다. 이즈음에서 나는 문득 프랑스 부동산 시장의 주요 구성요소, 부동산-쿠르티에-은행-공증인 사이에 어떤 커넥션이 있는 것은 아닌가 하는 의심을 했다. 초반에 집을 보러 다닐 때에도, 부동산 중개인들은 쿠르티에에게 이미 연락을 했는지를 물었다. 아니라면 자신들과 일하고 있는 '믿을 만한' 쿠르티에의 연락처를 알려 주겠다고 했다.

쿠르티에들은 대출 승인이 난 이후에 수수료를 챙길 수 있다. 그래서 애초에 승인 가능성이 없으면 계약을 하지 않았다. 그러므로 쿠르티에 자체가 일종의 사전심사 기관 같은 역할을 했고, 쿠르티에가 있다는 말은 곧 안전한 구매자라는 의미가 됐다. 은행대출 조건이 까다로워지면서 가계약 단계에서 계약이 취소되는 일이 늘어나고 있었다. 쿠르티에의 중요성도 자연스럽게 커져, 부동산 매매에 얽혀 있는 각 주체들이 서로 상생하며 살아남는 생태계가 형성되고 있었다.

우리도 급하게 쿠르티에를 찾아다녔다. 기다렸다는 듯, 부동산 중개인이 최저 이자율을 끌어 내는 데 한 번도 실패한 적이 없다는 쿠르티에, 에티엔을 소개해 주었다. 에티엔은 우리의 1년치 급여명세서부터 계좌 현황이 담긴 서류들을 검토한 뒤, 그 순간 우리가 가장 듣고 싶었던 말을 해 주었다.

"걱정할 필요가 없겠네요. 대출 승인은 내가 장담합니다."

그리고 덧붙였다.

"요즘 은행들이 몸을 사리는 추세라 서둘러야겠지만, 이자율은 고정금리 1.4~1.2퍼센트까지도 가능할 것 같아요."

우리는 서둘러 계약서에 서명했다.

집 구매 과정 중 여기서부터 1개월이 제일 힘들었다. 은행들은 에티엔을 통해 급여명세서를 2년치까지 몽땅 제출할 것을 요구했고, 세금 신고의 모든 내역을 샅샅이 훑었다. 매번 "이번이 마지막 검토"라며 세세한 사항을 질문한 후에는 연락이 없었다. 10월에 가계약을 할 때만 해도 길다고 생각했던 3개월이 점점 납득이 됐다. 첫 번째 은행의 최종 단계에서 승인이 거절된 후,

또 다른 은행에 서류를 내고 이자율 협상을 하기까지, 모든 실무 과정은 에티엔이 맡았지만, 남편과 나의 온 정신이 매일 은행대출 승인에 쏠려 있었다.

몇 주째 롤러코스터를 타고 있는 기분이었다. 하늘에 올랐다가 땅으로 꺼졌다가, 이제 다 됐나 싶으면 또 한 바퀴가 뒤집어지고, 언젠가 여기에서 내려올 날이 오긴 할까 낙담하며 땅으로의 착지만을 기다리는 시간이었다. 그리고 11월 마지막 주에 에티엔이 장담했던 최저 이자율로 대출 승인이 됐다는 소식을 받게 됐다. 이미 지칠 대로 지쳐 모든 기대를 접어 놓고 있던 때였다. 최종 대출 승인안을 받은 12월 1일은 우리 커플의 기념일이기도 했는데, 긴장이 갑자기 풀려서 그랬는지 그 밤, 샴페인을 몇 잔 마시고 극심한 두통에 시달렸다.

당시의 일기에 나는 '굴욕감'이라는 단어를 자주 적었다. 은행들은 하루에도 몇 번씩, 아무 때나 전화를 해 우리의 재정 상태를 꼬치꼬치 묻거나 납세 기록을 추가로 증빙할 것을 요구했다. 우리는 각자 회사에서 일을 하다가도 요구에 응해야 했다. 남편은 남편대로, 나는 나대로, 연말을 앞두고 업무량이 많은 시기였다. 우리는 뭔지 모를 억울함과 압박감을 어떻게 표현하고 풀어야 할지 몰랐다. 나중에는 급기야 누구의 회사 일이 더 바쁜

가를 견주며, 이 일은 네가 좀 처리하라는 말로 긴장감을 고조시키기도 했다.

최종 대출 승인을 위한 미팅에서는 1년 동안의 계좌 입출금 내역서까지 요구받았다. 담당자와 마주 앉아 계좌내역을 한 줄 한 줄 검토하며 지출 내용에 관한 질문을 받았다. 고정 지출과 적금, 가입한 펀드 상품을 설명해야 했고, 이후 이사 비용을 어떻게 마련할지 계획을 밝혀야 했다. 경제활동을 시작한 이래 계속하고 있는 어느 기관에의 후원금까지, 은행 직원이 손가락을 갖다대면 설명했다. 내 주제에 맞지 않는 소비인가 하는 죄책감까지 느끼며 "연말에 감세 혜택이 있답니다" 하는 말까지 덧붙이는 나를 보았다.

공짜로 돈을 빌려주는 것도 아니면서, 엄밀히 말하면 우리는 은행의 상품을 구매하고 있는 건데, 이렇게까지 다 공개하고 드러내야 하는 건가? 그들이 물어보면 물어보는 대로 그 모든 것을 알려 주어야 하나? 은행의 알 권리는 어디까지인가? 질문을 받는 와중에도 여러 가지 생각이 들었지만, 말할 수는 없었다. 묻는 대로, 요구하는 대로, 최대한 디테일하게 다 설명하고, 모든 증빙을 하며, 우리는 최대한 협조적인 자세를 어필했다.

울고 싶은 마음이 자주 들었다. 나름대로 열심히 성실하게 일하며 살았는데, 세금도 연체한 적 없는 모범 시민인데, 죄인이 된 것 같은 이 기분은 뭔가. 공연히 서로에게 짜증을 내는 날들이 많아졌다. 돌아보니 그 시기 우리는 서로에게 말할 수는 없는 이상한 굴욕감에 내내 목이 멨던 것 같다.

최종적으로 대출 승인이 난 이후에는 모든 일이 일사천리였다. 이 두 번째 과정의 놀라운 점은 엄청난 투명성에 있었다. 프랑스에서는 부동산 매매자와 매수자 모두 각각의(혹은 공동의) 공증인이 있어야 하고, 모든 거래 과정은 공증인을 통한다. 우선 우리를 놀라게 한 것은, 집값의 약 5~7퍼센트를 차지하는 공증인 비용이었다. 부동산 사이트에 표시되는 집값은 공증인 비용이 이미 포함된 경우가 대부분이다. 규모가 크다 보니 처음부터 집값의 일부로 생각하고 계산하는 것이다. 그리고 그 비용은, 은행대출금에 포함되어 은행에서 자동으로 공증인에게 이체된다.

도대체 공증인이 얼마나 대단한 일을 하기에, 이 많은 비용을 받아 간다는 말인가? 프랑스에서는 원래 그렇다니 내긴 내겠지만, 애초부터 불만이 많았다. 하지만 매매 과정을 거치고 나면, 그럴 만하구나 납득이 된다. 우선 공증인 비용에는 부동산세가 포함되어 있다. 세금을 고정비용에 포함시켜 의무납세하는 구조다.

공증인이 하는 역할의 규모는 대출 승인 이후의 과정에 들어서면서 바로 느낄 수 있다. 그들은 거의 매일 엄청난 규모의 서류와 계약서를 메일로 보내온다. 우선, 집에 대한 기술적 정보들이다. 집의 건축 시기와 1대 주인부터 가장 최근의 소유주까지, 거쳐 간 집주인들의 정보, 집 주변의 공기 청정 수치, 소음 수치, 지질 테스트 결과, 집 내부의 최근 공사 기록, 사고 기록, 그 집으로 흘러오는 수도관의 원천 등 '아, 이런 것까지 알 수 있구나' 싶어지는 엄청난 정보들이 들어간 책 한 권 분량에 달하는 서류를 받게 된다.

많은 세대가 모여 사는 아파트의 경우, 이후 예민한 문제가 될 수 있는 공동구역 공사 비용 책정 규정을 공증인이 샅샅이 조사해 밝혀 준다. 각 세대주들은 공동 소유자가 되어 공동구역의 공사를 다수결로 결정해 함께 진행하게 된다. 우리가 구매하기 전에 결정되어 이미 진행된 공사는 우리에게 비용이 청구될 수 없고, 전 주인이 모두 지불해야 한다. 이 부분 또한 공증인이 관리사무소 측을 조사해 청구하고, 최종 계약 날 매매자와 매수자 간의 모든 잔금 거래를 의무화한다.

이러한 과정들을 지켜보고 있으면, 프랑스에서는 부동산 사기가 많지 않겠구나 짐작하게 되는데, 최종 계약의 모습이 실로 놀라웠다.

　최종 계약은 우리 측 공증인의 사무실에서 이루어졌다. 그간 메일과 전화로만 연락하다가 처음 방문한 공증인 사무실은 프랑스에서 가장 상징적이고 권위적인 건물이라 할 수 있는 국회의사당 바로 건너편에 위치해 있었다. 내부도 너무 화려했다. '우리의 피 땀 눈물이 고스란히 담긴 집값의 7퍼센트가 여기에 쓰이는구나' 하는 생각이 절로 들었다.

　우리 여섯 명(우리 부부, 매매자 부부, 부동산 중개인, 매매자 측 공증인)은 아름다운 샹들리에가 환하게 밝혀 주는 회의실에 마주 보고 앉았고, 그 중심에 우리 측 공증인인 루실이 앉아 계약을 진행했다. 중견기업 간 M&A 체결 현장 같은 분위기에서 루실은 계약서 한 장 한 장을 한쪽 벽에 슬라이드로 영사해 보여 주며 한 줄 한 줄 소리내어 읽었다. 가장 먼저 나의 신분증이 벽 한 면 가득히 영사되면서 대한민국 ○○시에서 천구백 몇십 몇 년에 태어난 곽미성 씨가 소개되었는데, 그런 방식으로 우리 네 명 각각의 출생지와 생년월일, 신분증이 적나라하게 공유되었다. 이렇게까지 투명할 일인가, 무척 당황스러웠으나 이는 시작에 불과했다.

　매매자와 매수자의 신상이 공개된 이후에는, 매수 가격과 기타 비용들이 등장했고, 우리 매수자들의 통장에서 지불된 몫은 얼마인지와 은행이 지불할 몫은 얼마인지, 그러니까 우리가 얼마의 은행대출을 받았고, 한 달에 얼마씩을 상환해 나갈 것인지까지 모두 공개됐다. 정말 이렇게까지 할 일인가 싶었으나, 순간 깨달았다. 그 집의 구매자는 우리가 아님을. 실질적인 매수자는 은행이고, 그것을 밝히고 있는 와중이라는 사실을. 그러니 더더욱 할 말이 없었다. 나중에, 역시 최근 몇 년 사이에 첫 집을 구매했던 지인에게 이 순간의 당황스러움을 이야기하니 그가 말했다.

"그건 아무것도 아니에요. 우리는, 우리 부부가 각자 얼마씩, 자본금의 몇 퍼센트를 가져왔는지, 그러므로 각자 얼마의 지분이 있는지까지 모두가 보는 앞에서 공개됐는걸요."

정말 궁극의 투명함이다.

한 시간 넘게 공증인의 말들을 정신없이 따라가며 집과 관련한 정보를 속속들이 공부하다 보니, 어느새 계약서에 서명을 하라는 순간이 왔다. 지난 세 달간 수많은 서류에 서명을 했듯, 이 또한 기계적으로 하게 됐는데, 하고 나니 문득 숨이 턱 막혔다. 아, 나는 공식적으로 엄청난 빚을 짊어진 채무자가 된 것이다.

실제로도 갑작스러운 공기의 변화를 느꼈다. 계약서에 서명을 하고 고개를 드니, 사람들이 모두 미소를 지으며 우리를 바라보고 있었기 때문이다. 그때, 스리피스 양복을 멋지게 차려입은 공증인 사무소의 소장이 문을 열고 들어왔다. 그리고 마치 이 순간만을 기다린 듯, 큰 소리로 용맹하게 외쳤다.

"축하합니다. 이제 이 집은 당신들의 것입니다!"

갑자기 모두가 약속이나 한 듯이 우리 두 사람을 둘러싸고 박수를 쳤다.


한 편의 연극 같았던 최종 계약식이 끝난 후, 남편은 다시 회사로, 반차를 낸 나는 집으로 돌아왔다. 내가 무슨 짓을 한 거지? 뭔가 좋은 일이 있었던 건가? 지금 기분이 좋아야 하는 건가? 하는 생각이 들 만큼 실감이 안 났다. 그리고 메시지가 왔다. 쿠르티에 에티엔이었다.

"드디어 집주인이 되었군요! 진심으로 축하합니다. 그 기쁨을 함께하고 싶어요."

감동이었다. 에티엔에게 아직 소식을 전하지 않았다는 자각과 함께 미안하고 고마운 마음이 들었다. 그는 어떻게 알고 이렇게 메시지까지 보냈을까, 궁금해지는 찰나, 이번엔 메일이 도착했다. 대강 이런 내용이었다.

"안녕하세요, 에티엔의 어시스턴트 메기입니다. 최종 매매 계약이 체결되었으니, 계약대로 ○○유로를 일주일 내 다음 계좌로 입금 바랍니다."

나는 서둘러 남편에게 전화했다.

"쿠르티에 비용, 공증인 비용처럼 은행대출에 포함된 거 아니었어?”

남편은 잠시 침묵하다가 말했다.

“…… 그게 아니었다고? 내가 알아볼게.”

아, 필립의 말이 이거였나? 우리는 자연스럽게 쿠르티에 비용도 공중인 비용과 부동산세처럼 은행대출금에 포함된 것이라고 생각해 왔고, 에티엔은 우리끼리 그런 내용으로 이야기하는 것을 몇 번이나 들었으면서도 정정해 주지 않았다. 매번 우리가 질문할 때마다 그저 “쿠르티에 비용은 맨 마지막이니 우선은 신경 쓰지 마세요”라고 했다. 사기를 당한 것은 아니나, 꿀밤을 한 대 맞은 기분이 들기는 했다.

그는 우리와 같은, 필립과 같은, 초짜 구매자들을 수없이 보아 왔을 것이다. 평생 다 벌 수는 있을까 싶은 천문학적인 돈을 조마조마하게 쓰는 와중에 쿠르티에 비용까지 끼어들면 그야말로 머릿속에 지진이 일어나, 쿠르티에가 진짜 필요한 역할인지, 그만한 가치가 있는지 다시 생각해 보고 무수한 질문을 던질 초짜들을 말이다. 그러니 모든 일이 다 지나간 후에, 샴페인을 터트리는 그 마지막 순간에 청구서를 들이밀었던 게 아닐까. 샴페인에 살짝 취해 그 청구서를 받아 들고 나면, 우리는 다음 초짜들에게 충고하고 싶은 마음이 드는 것이다. 늘 정신을 똑바로 차리고 있어야 한다고.

그러나 눈을 부릅뜨고 있다 한들 뭘 어쩔 것인가. 어차피 롤러코스터에 몸을 맡긴 후인데. 기차를 멈춰 세울 수가 없는데. 그저 무사히 착륙하고 나면, 그토록 원하던 곳에 도착했구나 하며 잠시 안도한 후, 성실하게 노동해 빚을 갚아 나갈 수밖에 없는데. 그리고 우리는 다음 롤러코스터의 탑승객을 기다리게 되는 것이다. 좀 더 비싼 비용을 내고 이 게임에 참가할 누군가를. 더 많은 이가 탈수록 나의 비용이 투자가 되는 게임이 계속되기를 간절히 바라면서.

# 내게 새집을 다오

## Donnez-moi une nouvelle maison

이사 직후 안부를 묻는 주변 사람들에게 이렇게 대답하곤 했다.

"무슨 말로도 이 만족감을 다 담을 수가 없어."

모두들 "그래, 집 사니까 좋지?" 했지만, 이 집이 내 것이라는, 내가 집주인이 되었다는 사실이 생각만큼 큰 만족감을 주지는 않았다. 어쩌면 내가 주인이라는 생각을 도무지 할 수 없을 만큼 우리 앞에 커다란 산처럼 은행대출금이 놓여 있기 때문일 수도 있다. 아니면 세입자 시절에도 집에 대한 불안감이 없었기 때문에, 집주인으로서 큰 변화를 체감하지 못하는 것일 수도 있겠다. 그런데 나는 왜 집을 갖는 일이 한평생 꼭 이루어야 하는 일이라도 되는 것처럼 전전긍긍했던 걸까.

만족감은 변화에 있었다. 이사를 하고 나서야 깨달았다. 그동안 얼마나 고통을 견디고 있었는지, 그리고 얼마나 서로의 고통을 모른 척하며 살았는지. 나는 잘 지내고 있지 않았다. 곧 괜찮아질 거라는 생각도 했는데 그럴 수 없었으리라는 것도 지금은 알겠다.

겉으로 보기에는 모든 일이 문제없이 돌아가고 있었다. 이직한 직장에도 잘 적응하고 있었고, 남편과의 관계도 평탄했으며, 고양이의 건강에도 문제가 없었다. 속으로는 문제가 많았다. 회사 일 이외의 일상을 거의 돌보지 않고 지냈다. 나는 내가 싫었다. 무엇보다 내가 쓴 글을 참을 수가 없었다. 있는 그대로의 나를 반영할 수 없어서 거짓을 쓰거나, 깊이 없는 불평과 자기혐오만 반복해서 쓰고 있는 것 같았다. 나는 더 이상 매일 일기를 쓰지 않았고, 가끔 쓰는 일기에도 크게 적을 말이 없었다. 너무 많은 생각들이 글이 아닌 말로 휘발되었고 그뿐이었다. 많은 글을 읽었으나 모두 업무와 관련된 글, 아니면 경제, 재테크 서적들이었다. 매일매일 지우개처럼 닳고 닳아 가는 기분이 들었다. 팬데믹 시국의 특수성도 무시할 수는 없다. 생각을 자극하고 감각을 깨우는 만남과 대화 들은 얼마나 귀중한 것인가. 누구를 만날 수도 없었지만, 굳이 만나려고 노력하지도 않았다.

남편과도 그랬다. 우리는 한집에서도 별다른 대화 없이 각자의 일을 했다. 남편의 저녁은 대체로 회사 일의 연장으로 채워졌고, 나의 저녁은 넷플릭스 혹은 인터넷 서핑으로 채워졌다. 언제부터인가 우리는 식사 시간과 잠자는 시간을 제외하면 각자의 공간에서 지냈고, 그게 습관으로 굳어졌다. 우리는 더 이상 두 시간이 넘어가는 영화를 함께 보지 않았다. 한 시간짜리 드라마 방영 시간이 우리가 함께하는 시간으로 할애하는 최대치였다. 책과 영화를 보고 난 후의 감상도 몇 마디 이상 나누지 않았다. 극장에서 나와 와인을 마시며 밤이 깊도록 영화 이야기를 나눠 본게 언제였는지 기억도 나지 않는다.

우리가 여전히 진지하게 이야기를 나누는 유일한 주제는 정치 이슈 정도였으나, 그마저도 서로 의견이 다르면 굳이 계속하지 않았다. 우리는 몇 마디만으로 상대의 정치적 견해가 어디쯤에 위치하고 있는지 너무 잘 알았고, 왜 그렇게 흘러가고 있는지또한 너무 잘 알고 있었다. 상대의 정치적 포지션이 멀어지고 있다는 사실을 받아들일 수 없어 몇 시간이고 토론을 계속하던 열정은 이제 없었다. 대신 대화가 더 깊어지면 상대를 향한 회의와 실망감이 걷잡을 수 없어질까 봐 두려웠다. 우리는 적당한 거리감 속에서 지켜지는 일상의 평정을 선택했다.

그런 상태는 집 내부에 고스란히 반영됐다. 13년간 들여온 수많은 물건들이 집안 곳곳에 방치되어 있었다. 치우고 버려야 할 물건들은 다음 주말, 다음 휴가를 기약하며 켜켜이 쌓여 갔다. 서로의 공간에 최대한 관여하지 않다 보니, 그렇지 않아도 좁은 집 안에서 동선도 자연스럽게 제한됐다. 주방은 점점 더 남편의 영역이 되었고, 정리 상태가 마음에 들지 않아 나는 최대한 주방과 남편의 책상을 보지 않기 위해 애썼다.

우리는 먼 곳만을 바라보며 각자 자신의 삶 속에서 질주하고 있었다. 일상의 작은 고통들은 그냥 덮어 버리거나 별것 아니라며 모른 척하게 됐다. 그러다가 글을 전혀 쓸 수 없는 상태에 이르러서야 나는 위기를 감지했다. 지금까지 살아오면서 글을 못 쓰겠다고 느낀 적은 없었다. 무엇보다, 글에서 느끼는 자기혐오는 처음이었다. 오랫동안 알아 온 지인들은 이런 나의 고민에, 마치 약속이나 한 듯 이사를 가는 게 어떠냐는 이야기를 했다. 프랑스인 친구들도, 한국인 친구들도 공통으로 "내가 아는 사람들 중에 너희처럼 20대부터 지금까지 10년 이상 한집에서 계속 산 사람들은 없어"라고 말했다. 그 말을 처음 들었을 땐 뜬금없다고 생각했다. 집이 무슨 잘못인가. 그 안의 내용물인 사람이 문제고, 마음먹기에 따라 달라질 수 있는 게 사람 아닌가. 글이 안 써져서 이사를 간다니, 그럼 문제가 생길 때마다 이사를 가야 한다는 말인가. 그래서 집과는 상관이 없다고, 딱 잘라 대답했다. 하지만 형식은 내용을 변화시킨다. 시나리오 쓰던 시절에

진리처럼 여겼던 이 말을, 요즘 다시 떠올리고 있다.

이사를 하고 한 달쯤 지났을 때, 프랑스 정부는 3차 이동금지령을 발표했다. 2021년 3월에 파리와 수도권이 봉쇄됐고, 4월에는 프랑스 전체가 봉쇄됐다. 그토록 기다리던 봄의 기운을 느낄 겨를도 없이, 사람들은 집에 갇혔다. 집에 갇혀서 맞는 두 번째 봄이었다. 우리는 또다시 낮에는 재택근무로 각자 바쁘다가, 저녁엔 지하 창고에서 와인을 찾아 마시는 생활을 했다. 모든 것이 작년과 같은 상황이었다. 하지만 작년과는 달랐다. 집은 그 안에 살고 있는 구성원들의 관계와 정서를 완전히 바꾸어 놓았다. 집의 바깥보다 내부가 더 중요한 환경이 되니 변화를 확실히 느낄 수 있었다.

꿈꾸었던 대로, 우리는 햇빛이 쏟아지는 탁 트인 거실에서 책을 읽고, 많은 이야기를 나눴다. 나는 글을 썼고, 남편은 마음껏 요리를 했다. 이 집의 진짜 매력은 매시의 정각마다 황금빛 조명으로 도시를 밝히는 화려한 에펠탑 야경이 아니라, 이른 아침부터 시시각각 다른 풍경을 보여 주는 하늘이었다. 새벽에 커피를 마시고, 점심을 먹고, 퇴근 후 하루를 정리하는 모든 순간에 우리는 창밖을 보며 감탄했다. 단조로운 일상이었지만, 창밖에는 바람의 세기와 태양의 움직임에 따라 수도 없이 그 모양과 빛을 바꾸는 구름과 하늘이 있었다. 맑으면 맑은 대로, 흐리면 흐린 대로, 태풍이 오고 번개가 치면 또 그런대로, 우리는 마치 평생 하늘을 본 적 없는 사람들처럼, 하염없이 감탄하며 바라보았다. 그렇게 한 달이 흘렀다. 이동금지령이 해제되고 외부 활동을 할 수 있게 됐을 때, 나는 이제 다시 시작할 준비가 됐다고 느꼈다. 마치 그동안에는 준비가 안 됐던 것처럼.

우리에게 있어 집을 갖는 일은 곧 아주 오랜 기간 커다란 부채를 함께 갚아 나가야 하는 일이었다. 그 세월의 일을 결코 쉽게 결정할 수 없었고, 고민의 과정은 곧 관계를 고민하는 과정이 됐다. 1년 전 센트럴파크에서의 말다툼이 관계의 문제를 직면하는 시발점이었다. 이미 14년을 함께 산 두 사람이, 그럼에도 불구하고 다시 한번 20년의 프로젝트를 함께하기로 하는 것은 거의 기적에 가까운 일이 아닐까. 서로 말은 하지 않았지만, 우리는 은행대출 계약서의 서명 뒤에 숨은 각자의 다짐을 읽었다.

변화가 필요한 시점임을 정작 우리 두 사람만 부정하고 있었는지도 모르겠다. 우리에게 이사를 권하던 주변 친구들의 눈에는 아마도 몇 해 전부터 선명하게 보였을 것이다. 돌이켜 보면 나는 문제 자체를 부정하고 싶었던 것 같다. 문제를 인정하고 나면 해결을 해야 하는데, 도무지 어디에서부터 어떻게 해결해야 할지 몰라서 그랬던 거라고 지금은 생각한다.

나의 상태를 직시하고 도망치지 않는 것부터가 시자이다. 고통을 감당할 수밖에 없는 이유를 스스로에게 부여하기 시작하면 다시 시작할 수 없다. 무수히 많은 평계가 떠올라도 지금의 상태가 최선이 아님을 인정해야 한다. 그럴 수 없을 것 같아도, 그럼에도 더 나은 삶을 살 방법을 고민해야 한다. 최소한 지금보다는 나은 환경을 스스로에게 만들어 주겠다는 의지를 굳히고 자리에서 일어서면, 그다음부터는 어쨌거나 좋아질 수밖에 없다. 최소한 이대로는 안 된다는 것을 알았으니까. 변화가 필요하다는 것도 알았으니까. 그렇게 나아가면 된다. 그 교과서 같은 일이 마흔의 나이에도 그렇게 어려울지 몰랐다.

또다시 5년이 지나고, 10년이 흐른 후 우리는 어쩌면 지난 집에서의 마지막과 비슷한 모습을 하고 있을지 모른다. 온갖 짐들이 무신경하게 쌓이고 쌓여 생활반경이 좁아지는데도 모른 척하며 지내고 있을 수도 있다. 각자 다른 방향으로 질주하느라, 서로 눈을 마주치고 대화하는 시간조차 아깝게 여기게 될지 모르겠다. 그때는 너무 오랫동안 방치하지 않기를 바랄 뿐이다. 변화가 필요함을 빨리 인정하고, 스스로에게 나은 삶을 선사할 수 있는 부지런함과 애정을 갖기를 소망한다. 변화의 공포에 매몰되지 않기를. 그렇다면 우리는 언제든 다시 시작할 수 있다.

# 3

시작하는 사람들

*Les gens qui*

*commencent*

# 9년 11개월에 대한 예의

*La politesse des neuf ans et onze mois*

얼마 전 누군가 조언하는 걸 들었다.

"하고 싶은 일이 있다면, 고민하지 말고 10년을 목표로 해 보세요. 10년이면 어떤 일이든 그 분야에서 자리는 잡을 수 있습니다."

나도 모르게 고개를 끄덕였는데, 10년을 버틴다는 게 얼마나 어려운지를 잘 알기 때문이다. 10년은 사람이 태어나서 걷고, 말을 하고, 초등학교에 들어가 곱하기, 나누기를 배우기까지의 시간이다. 갓난아기가 열 살 어린이로 성장하는 시간 동안, 잘될 것이라는 보장이 없는 어떤 일에 꾸준히 몰두하는 게 과연 가능하기는 할까? 스스로 우뚝 서야 하는 나이의 성인이 말이다. 생각만 해도 고통스러운 그 일을 해내는 사람은 많지 않으므로,

10년을 버텼다면 그 분야에 그 사람의 자리는 작든 크든, 분명히 있을 것이다.

가끔 99일을 버티고 떠나 버린 병사의 마음을 떠올린다. 영화 〈시네마 천국〉에서 알프레도 할아버지가 토토에게 들려준, 100일간 집 앞에서 자신을 기다린다면 사랑을 허락하겠다는 공주를 99일까지만 기다린 병사 이야기다. 알프레도는 토토에게 그 병사가 99일을 기다리고도 왜 떠났을지 생각해 보라고 한다. 영화를 처음 보았던 중학생의 나는 도무지 답을 알 수 없었고, 병사보다도 공주의 마음에 더 이입해 그가 떠난 후 공주는 얼마나 실망했을까를 짐작했다. 어른이 되고 나는 오로지 병사의 마음에만 이입할 수밖에 없는 세월을 살았다.

99일의 낮과 밤 동안, 비가 오고 바람이 부는 속에서도 꼼짝없이 한자리에 앉아 있던 병사는 많은 생각을 했을 것이다. 바람이 세차게 부는 날이면, 눈앞의 나무들과 함께 마음이 출렁였을 것이다. 그는 사랑을 이룬 후의 하루하루를 그려 봤을 것이고, 자신을 돌아보기도 했을 것이며, 행복을, 시간의 힘을, 삶을, 죽음을 성찰했을 것이다. 이제 나는 그 병사가 떠난 것이 당연하다고 생각한다. 100일의 고독이, 한 가지만을 끝없이 열망하도록 사람의 마음을 그냥 둘 리 없다. 그러니 10년의 고독은 어떻겠는가. 9년 11개월을 버티고 떠나는 사람의 마음도 그럴 것이다.

서른 살이 될 때까지, 나는 영화인이 아닌 다른 삶은 생각해 본 적이 없었다. 많은 사람들처럼 나도 어린 시절 토요일 밤이면 〈주말의 명화〉를 보았고, 종종 영화의 여운에서 빠져나오지 못해 잠 못 이루던 날이 있었다. 좀 더 구체적으로 '영화를 하고 싶다'고 열망한 것은 고등학교에 들어가서다. 도무지 스스로를 어찌해야 할지 모르겠던 저녁, 반항심 반, 호기심 반으로 혼자서 들어간 극장이 시작이었다. 극장에선 〈쇼생크 탈출〉이 상영되고 있었다. 무참한 교도소에 울려 퍼지는 오페라 선율에 죄수들과 한마음이 되어 전율하다가 주인공과 함께 탈출의 해방감을 맛봤다.

그때부터는 극장을 끊을 수 없었다. 마침 한국 문화의 흐름을 좌우하던 1970년대 초반생들의 활동으로 음지에 있던 영화가 지적인 예술로 부상하기 시작했고, '시네필', '시네마테크'와 같은 단어들이 내 귀에도 들려왔다. 영화 잡지 〈씨네21〉과 〈키노〉가 등장했고 라디오 프로그램 〈정은임의 영화음악〉이 있었다. 이미 열렬한 라디오 키드였던 나는 〈배철수의 음악캠프〉와 〈밤의 디스크쇼〉가 끝난 후에도 새벽까지 라디오를 들었다. 〈정은임의 영화음악〉은 내가 모르던 세계, 극장에 잘 걸리지 않는 유럽의 영화들을 자주 이야기했고, '미장센', '롱 테이크', '페이드 아웃'과 같은 단어들을 일상으로 사용했다. 크시슈토프 키에슬로프스키Krzysztof Kieslowski, 테오 앙겔로풀로스Theo Angelopoulos, 장뤼크 고다르Jean-Luc Godard, 프랑수아 트뤼포François Truffaut, 아녜스 바르다Agnès Varda, 앨프리드 히치콕Alfred Hitchcock, 프리츠 랑Fritz Lang과 같은 감독들을 다룰 때면, 대화 곳곳에서 신성함마저 묻어났다. 동네에 '영화마을'이라는 예술영화 전문 비디오 대여점이 생긴 것도 마침 그때였다. 나는 갑작스럽게 바빠졌다. 영화를 이야기하는 모든 이들에게는 마치 종교집회에 모인 사람들 같은 광기 어린 열정이 있었고, 그들의 신은 카메라 뒤에 있었다. 그 후 10년이 더 지나는 동안, 세상에서 영화감독보다 더 탐나는 직업은 내게 없었다.

고등학교를 졸업하고 프랑스로 유학을 가기까지의 과정을 궁금해하는 사람들을 많이 만났다. 부유한 집안 출신이 아닌 내가 이렇게 부내 나는 이력을 가지게 된 데에는, 인생의 아이러니라고밖에 할 수 없는 몇 가지 불운과 행운의 조화가 있었다. 미성년자의 운명은 대부분 가까운 어른의 일에 좌우된다. 불운이라면, 아버지 사업의 기복으로 고등학교 시절 동안 부모의 좌절과 분노를 조마조마하게 지켜봐야 했고, 거주지마저 불안정해져 가족이 해체와 결합을 반복해야 했다는 것이다.

행복한 가정은 모두 비슷한 모습이고, 불행한 가정은 모두 제각각의 불행을 안고 있다는 톨스토이의 말은 이렇게도 적용

된다. 당시 내게 닥쳤던 불운을 나는 수없이 나누어 구체적으로 이야기할 수 있다. 하지만 행운은 하나로 정리할 수 있다. 내게는 자존심 강한 엄마가 있었다. 그때까지 주부로만 살아왔던 엄마는, 가정이 깊은 수렁에 빠지자 놀라운 에너지로 분연히 일어나 뚜벅뚜벅 집 밖으로 걸어 나갔고, 본인도 몰랐던 놀라운 사업 재능을 펼쳐 보였다. 그렇게 가세를 일으키고 자식들에게 눈을 돌렸다. 한동안 집안의 희망이었으나 원하던 대학에 가지 못한 나는 엄마의 전폭적인 지지 속에 프랑스로 떠났다. 젊은 시절 잡지에도 낼 만큼 사진을 잘 찍었으나 포토그래퍼의 꿈을 접고 결혼한 엄마는, 영화를 만들겠다는 내게서 자신의 젊은 시절을 보았다. 집안을 다시 일으켜 세운 사람이 아버지였다면 나는 떠나지 못했을 것이다.

　스무 살의 나는 '서부의 개척자'처럼 아는 사람 한 명 없는 나라에 왔다. 그저 트뤼포와 레오스 카락스Leos Carax의 나라에 왔다는 사실만으로도 황송해서, 어렵고 고되다는 생각은 하지 않았다. 치열하게 말을 배웠고, 치열하게 영화를 보러 다녔다. 주말에는 파리시에서 운영하는 시네마테크에서 하루에 두 편씩 영화를 보았고, 종일의 수업이 끝난 후에도 무조건 극장에 갔다. 초집중을 해도 다 이해할까 말까 한 프랑스 예술영화 앞에서는 하루의 피곤이 더 쉽게 느껴졌고, 상영시간 내내 잠만 자다가 나오기도 일쑤였다. 그런 하루하루를 지내며 시험을 보고, 시나리오를 쓰고, 낙제점을 만회하려 여름 내내 다시 공부해 재시험을 보고, 친구들의 영화 촬영을 돕고, 내 영화를 찍고, 몇 편의 논문을 써 몇 개의 학위를 받았다. 9년은 순식간에 흘러갔다.

영화인이 아닌 미래를 생각해 보지 않았다는 것, 오직 영화를 만드는 인생만 준비하는 20대를 보냈다는 것은, 일반적인 경제활동의 사이클에서 멀어져 있었다는 의미도 된다. 전 세계 내 또래의 젊은이들이 학점을 관리하고, 토익시험을 보고, 이력서를 쓰고, 취업 준비를 하는 동안, 나는 아주 멀리, 다른 세계에 있었다. 나의 고민은 오직 하나였다. 나는 영화를 만들 수 있게 될 것인가. 그만한 재능이 내게 있는가. 재능이 없어 멈추어야 하는 상황이 올 수도 있다는 가능성은 상상도 하고 싶지 않았다. 나는 되돌아갈 다리를 불태웠다.

세상은 호락호락하지 않다. 욕망에 흐려진 눈으로 현실을 부정하면, 그만큼 뒤처질 뿐이다. 그 현실을 직면하고 아파할 순간이 언젠가는 반드시 온다. 내게는 그 순간이 오기까지 9년 11개월이 걸렸다. 그 9년의 끝에서 깨달았다. 아니, 받아들이게 됐다. 영화를 만드는 데 필요한 재능을 내가 오해하고 있었음을. 영화 만드는 일을 직업으로 하려는 사람에게 가장 필요한 능력은, 상상력과 이야기 구성력, 독창성이 아니라 잘 버티는 능력임을.

서른 살이 되어 진짜 버티기가 시작됐다. 학생 신분이던, 부모의 조력이 있었던 20대의 버티기는 버티기가 아니었다. 진짜 버티기는 생계의 문제다. 생계가 문제가 되지 않으면, 진짜 버티기가 아니다. 영화를 만드는 일은 기업에 입사하는 것과 다르다. 한 편의 작품이 탄생하기 위해 필요한 시간은 예측할 수가 없고, 한 편을 만든다고 해도, 다음 작품까지 얼마나 걸릴지 모른다. 그러니까 영화는 평생을 버티고 또 버텨야 하는 일이다. 그 현실을 직시하고 생계의 공포를 피부로 느낀 나는 처음으로 나에 대해 확신을 갖게 됐다. 잘 버티는 재능이 내게는 없었다.

인생에는 직접 부딪쳐 보기 전에는 쉽게 답을 구할 수 없는 문제들이 있다. 사람마다 다른 답을 도출하게 되는 문제들이고, 자신을 제대로 알아야만 답을 얻게 되는 문제들이다. 나는 유학 생활의 경험으로 스스로가 경제적 불안정에 얼마나 취약한지 잘 알았다. 나는 기분 좋은 어느 저녁의 충동적인 외식 한 번에도 은행 잔고 걱정에 새벽녘 잠이 깨는 종류의 사람이고, 잔고가 바닥을 향해 가면 아르바이트 거리를 찾기 전까지는 책을 읽어도 집중을 못 하는 종류의 사람이었다. '어떻게든 되겠지' 하며 그때 가서 생각하는 것이 내게는 너무나 어렵다. 가난은 전혀 부끄럽지 않다. 경제적 불안정에 영혼을 잠식당하는 상황이 두렵다.

나는 영혼이 아주 빨리 잠식당하는 나약한 인간이었다. 어쩌면 일찍이 시작된 외국생활이 만들어 낸 현실감일 수도 있겠다. 아무도 없는 대륙에 혼자 툭 떨어져 살아온 경험이, 나의 내면 깊은 곳에 꺼지지 않는 절실함과 불안 같은 것을 만들었을 수도 있다. 돈의 이면에는 반드시 누군가의 시간과 노동이 깃들어 있음을 나는 의식하고 있었다. 누군가의 노동에 잠시 기댈 수도 있겠지만, 언젠가 그만한 자본으로 보답할 자신이 없었다.

영화 〈찬실이는 복도 많지〉에서 찬실이는 시작도 안 해 보고 포기한 나와 달리, 한때 '한국영화의 보배'라 불릴 만큼 인정받던 영화 프로듀서였다. 그럼에도 함께 일하던 감독의 죽음 이후 일이 끊기고 돈도 다 떨어져 닥치는 대로 후배의 집 청소 일까지 하게 되는데, 영화는 찬실이가 영화 일을 계속해야 하는지, 왜 해야 하는지 고민하는 과정을 따라간다.

찬실의 이야기가 모두 나의 이야기 같았다. 영화를 보며 지금으로부터 10년 전, 영화를 접고 다른 일을 해야 할까 고민하던 시절이 계속 떠올랐는데, 가장 공감이 됐던 것은 이 장면이었다.

찬실이의 '영화 요정' 장국영은 찬실에게 "영화 안 하고도 살 수 있겠어요?"라고 묻는다. 찬실은 아무렇지도 않게 대답한다. 영화 안 하고도 살 수 있을 것 같다고. 스스로에게 같은 질문을 던져 봤던 나의 대답도 같았다. 영화 안 하고도 살 수 있겠다.

스스로에게도 놀랍도록 자연스러웠던 대답은 9년 11개월 동안 타고 남은 잿더미로 기억 속에 남겨졌다.

그게 아니면 죽을 것 같아서가 아니라, 안 할 수도 있지만 그럼에도 묵묵히 그 일을 하게 될 때가 진짜 시작이다. 찬실의 '진짜' 영화는 아마도 그때부터 시작됐을 것이다.

나는 찬실과는 다른 결정을 했다. 찬실이 가지고 있는 재능, 묵묵히 버텨 나가는 힘이 내게는 없음을 알았을 때 스스로에게 실망했지만, 중요한 것은 내 삶이었다. 내게는 다른 재능이 있을 것이었다. 때로 스스로의 한계를 빨리 인정하는 것이 자신에 대한 예의일지도 모른다. 모두의 삶에 정답이 하나일 수는 없다.

# 영화를 전공한 직장인의 미생
*La vie imparfaite d'une salariée
qui rêvait de cinéma*

나보다 세 살 많은 언니인 심지영은 한때 유학생들 사이에서 만물박사로 통했다. 이미 프랑스어 고급반이었던 그는 초급반에서 동사변형을 배우고 있던 우리에게 신과 같은 존재였다. 그가 대학원과정 진학을 위해 썼던 자기소개서는 일종의 '족보'처럼 한국인 유학생들 사이에 흘러 다녔고, 나는 그를 직접 만나기 전부터 그의 이름을 알고 있었다.

우리는 모르는 것이 있으면 늘 "심지영에게 물어보자"고 했다. 프랑스 대학의 편입과정이나 프랑스어와 문화는 물론이고, 김치를 만들기 좋은 배추는 어디에서 살 수 있는지, 한국에서 먹던 양념치킨은 어떻게 만드는지 그는 다 알았다. "프랑스 고구마는 왜 한국과 같은 맛이 안 나지?"라고 누군가 푸념하면 "프랑스 슈퍼에서 파는 고구마는 이스라엘에서 들어오거든. 우리나라 고구마와는 다른 종류인 거지” 하는 식이었다. ‘저 사람은 저걸 왜 알고 있는 거지?’ 싶은 정보들을 끝도 없이 가지고 있었다.

알고 싶은 것이 늘 많았던 그는, 남들은 하나만 하기에도 벅찬 전공을 두 개나 동시에 하고 있었음에도 남의 고민에 관심이 많았다. 내가 현재 읽고 있는 책이나 듣고 있는 수업에 대해 자주 물어보았고, 내가 논문 주제를 정할 때도 마치 자기 일처럼 함께 고민했다. 내 일이 아니면 바로 관심을 차단해 버리는 나와 달리 그는 누군가 자신이 모르는 전문 분야에 대해 이야기하면, 눈을 반짝이며 나직하게 호기심을 표현했다. 그가 누군가에게 “아 정말 흥미롭네요. 그런데……” 하며 질문을 던지면 나는 알았다. 그가 또 다른 세계로 한 발 한 발 여행을 떠나고 있다는 것을.

그가 들어 주면 우리의 모든 일들은, 유치하고 사사로운 고민들까지도 세상에서 가장 흥미로운 이야기가 됐다. 사려 깊고 진지한 그의 호기심 앞에서 무장해제가 되지 않는 사람은 없었다.

나와 심지영은 죽이 잘 맞았으나 그의 박사학위 수료를 끝으로 눈물의 이별을 했다. 나는 그가 한국으로 돌아간 이후로 그만한 친구를 새로 만들지 못했다. 우리는 각각 학생의 신분을 끝내고 사회인이 되었고, 나는 전공과 다른 일을 시작했다. 그는 모르겠지만, 이후의 삶에서 나는 그에게 큰 빚을 졌다.

스무 살 이후 나는 10년마다 새로운 분야에 있었다. 20대에는 프랑스에 유학을 와서 프랑스어와 영화를 공부했고, 서른 살부터는 우리나라 방송국의 파리 지사에서 국제뉴스 만드는 일을 7년 넘게 했다. 이후에는 우리나라 기업들의 프랑스 수출을 돕는 기업에서 일하고 있다. 영화와 방송 일이 연관이 없지 않은 덕분에 방송국에 들어갔고, 방송국에서 뉴스를 만들며 조사, 취재를 하고 팩트를 체크하던 업무가 프랑스 시장을 조사하는 일과 방법적인 차원에서 비슷한 부분이 많아 지금의 직장에 입사했다. 사실은 프랑스어가 가장 큰 역할을 했다. 프랑스어를 하는 한국인이 많지 않다 보니, 나에게까지 기회가 올 수 있었다.

영화와 저널리즘, 그리고 경제, 무역은 서로 매우 다른 세계일 수 있지만 내게는 징검다리로 놓인 커다란 디딤돌 같았다. 죽지 않고 강물을 건너기 위해 있는 힘껏 보폭을 넓혀 그 사이를 건너 다녔다. 새로운 일, 잘 모르는 일이 내 앞에 닥치면 공포의 파도가 자주 출렁였다. 그럴 때마다 나는 심지영을, 그의 빛나던 호기심을 떠올렸다. 그저 지금 모르는 것일 뿐, 알고 나면 간단한 일이 될 거라고 스스로를 다독이며 그가 그랬듯이, 고요하고 집요하게 시간이 멈춘 듯이 들여다보았다. 그렇게 보다 보면, 놀랍게도 모든 일이 재미있어졌다. 재미있어지면 못 할 게 없다.

뉴스를 만들던 초반에는 특히 자주 그랬다. 한국과는 다른 게 많은 프랑스에서는 심층적으로 분석할 거리가 많다고들 했기에, 나는 누가 봐도 공신력 있는 프랑스 전문가를 만나 이슈가 되는 현안에 관해 묻고 또 물어야 했다. 뉴스의 취지에 맞는 인터뷰를 잘 따오는 게 중요했다. 이를테면, 초등학교 무상급식 제도나, 주택 임대료 인상 제한이 부동산 시세에 미치는 영향, 노동시간 단축과 일자리 나누기, 국정조사 제도와 같은 이슈가 한국에서 논란이 될 때, 우리는 프랑스의 시스템을 소개하고 이를 분석하는 뉴스를 만들었고, 나는 각 분야의 프랑스 전문가들을 섭외하고 인터뷰를 통역했다. 인터뷰를 위해 연락한 전문가들은 대부분 프랑스 뉴스에서 자주 보던 정치, 경제 전문가들이었고, 그중에는 한창 《21세기 자본》을 집필 중이던 토마 피케티Thomas Piketty도 있었다.

뉴스 제작의 특성상 약속은 늘 빠듯하게 잡혔다. 공부할 시간도 많지 않은데, 그를 만나 어떤 대화를 나눌 수 있을 것인가. 대화의 맥을 짚고 제대로 된 질문을 하는 것은 둘째치고, 상대의 말을 이해나 할 수 있을까? 내가 아는 게 뭐가 있다고, 잘 물어볼 수나 있을까? 하얘지려는 정신줄을 간신히 붙잡고, 나는 심지영을 생각한다. 그를 떠올리면서, 그가 그랬듯이, 마치 내 앞에 놓인 일이 세상에서 가장 흥미로운 세계인 것처럼 바라본다. 그러다 보면 그 세계가 정말 흥미로워졌다. 다시 한번 말하지만, 재미를 느끼면 못 할 게 별로 없다.

방송 일, 특히 뉴스 만드는 일로 보낸 7년은 그런 면에서 '전혀 몰랐던 일들을 빨리 이해하고 내 걸로 만들기'의 하드 트레이닝이었다. 그 7년의 끝에서 나는 이제 어떤 일이 다가와도 그렇게 두렵지는 않은, '누구나 배우면 할 수 있다'를 믿는 사람이 됐다. 꼭 일이 아니라도, 아직 다가오지 않은 어떤 부담스러운 일로 마음이 무거울 때, 머리를 움직여 생각을 하면 공포는 조금씩 물러난다.

세상에는 달지 않은 고구마를 푸념만 하는 사람과 왜 달지 않은지, 무엇이 다른지 궁금해하고, 찾아보고, 이해하려는 사람이 있다. 호기심은 습관이다. 살아남기 위해 절실하게 따라 했던 친구의 진지한 탐구 자세가 나를 살렸다.

물론, 배운다고 해서, 진지하게 노력한다고 해서 모든 일을 다 잘할 수 있는 것은 아니다. 그러니 끊임없이 스스로를 의심하는 일도 필요하다. 나는 영화를 전공했고 편집도 숱하게 배웠지만, 방송 뉴스를 만들던 시절 카메라맨이었던 J만큼 필요한 영상을 기술적으로 잘 찍거나 빠르게 편집할 수 없었다. 가끔 그의 자리를 대신해야 할 때는 손이 덜덜 떨렸다. 경험이 쌓여도 그 긴장감은 잘 줄어들지 않았다. 아무리 눈을 빛내며 가만히 들여다보아도 도무지 여유가 생기지 않는 일도, 세상에는 많은 것이다.

영화를 전공했다는 것이 내게는 오랫동안 불편한 과거였다. 내가 최근까지도 자주 떠올리는 또 하나의 인물은 드라마 〈미생〉의 장그래인데, 사람들이 저마다의 이유로 장그래에게 이입했듯이, 나 또한 나름의 이유가 있었다.

스물여섯 살까지 프로기사 입단을 준비하다가 결국 실패하고 사회로 나온 장그래는 계속 자격을 의심받는다. 고졸에 아무런 스펙도, 외국어 특기도 없이 입사한 그를 사람들은 수근거리며 차별한다. 그럼에도 그는 아주 오랫동안 사람들에게 자신의 상황을 해명하지 않는다. 그 나이까지 뭘 했냐는 오과장의 질문에도 "아무것도 하지 않았다"고 답한다. 나는 그가 대답하지 않은 이유를 단번에 이해했다. 그 또한 나처럼 자신의 과거를 넘어서지 못하고 있음을, 특이한 이력에 따라다닐 사람들의 편견에 복잡한 감정을 갖고 있음을 눈치챘다.

영화를 그만 꿈꾸기로 하면서 나는 긴 웨이브를 단발 생머리로 바꾸고, 그동안 입던 자유분방한 옷들도 하나둘씩 교체해 나갔다. 최대한 조직 속에서 다른 사람들과 비슷해지기 위해 노력했고, 그 누구도 나의 특이한 이력을 알지 못하기를 바랐다. 드라마 속 사수인 김대리가 장그래에게 "너 꼭 출소한 장기수 같다"고 했을 때, 나도 장그래처럼 뜨끔하며 놀랐다. 그 시절의 내가 그랬겠구나, 뒤늦게 깨달음이 와서.

하지만 이제는 안다. 굳이 그럴 일은 아니라는 것을. 스무 살 초반에 다양한 이유로 선택했던 전공 공부를 살려 평생 같은 일을 하는 사람이 세상에 얼마나 될까? 그래야 한다면, 대학의 전공만큼의 일자리가 제공돼야 할 것이다. 직장에서 만난 사람들의 실력은, 적어도 현재까지 나의 경험으로는, 대학의 전공과는 별로 상관이 없었다. 직장은 결과로 말하는 곳이며, 자신의 업무와 조직에 대한 정확한 이해와 통찰, 일을 완수하려는 성실성과 태도가 더 중요하다는 것을 이제 나는 안다.


장그래는 동료들에게 때때로 무시당하지만, 우리는 그의 독백을 통해 바둑만 두던 그의 세월이 결코 사회생활과 무관하지 않다는 걸 알게 된다. 그의 통찰과 내공은 모두 치열했던 그만의 오랜 전투에서 비롯되었음을, 그 또한 다른 젊은이들만큼 노력했음을 안다.

한번 꺾여 보았다는 것은, 스스로의 힘으로 일어선 적이 있다는 의미다. 나는 그런 위기가 누구나의 인생에 몇 번쯤 찾아온다고 믿는다. 삶의 본질은 불안정성에 있다. 이를 깨달은 사람은 자신의 인생에도, 타인의 인생에도 겸허해질 수밖에 없다. 길게 보면 인생은, 실패를 어떻게 대면해 왔느냐의 차이로 달라진다. 그리고 실패는 필연적으로 지금 이대로 여기에 머물러 있지만은 않겠다는 생의 의지 뒤에 오는 것이다.

# H의 몸에 관한 문제

*Le problème du corps de H*

"매일 아침, 잠에서 깰 때마다 생각해. 지금까지의 내 삶은 모두 꿈이 아니었을까? 그런데 왜 나는 여전히 여자의 몸을 하고 있을까?"

여기, 평생을 자신의 것이 아닌 몸으로 살아온 젊은이가 있다. 프랑스인 친구의 직장 동료로, 나는 H의 이야기를 종종 전해 들었다. 중국 출신의 젊은 엘리트인데 실력이 출중하다는 둥, 회사에서 고속 승진을 했다는 둥 나와는 별로 상관없는 이야기였다. 나와 같은 동양인이라서 친구는 나를 볼 때마다 H를 떠올렸을 것이다.

최근의 소식은 놀라웠다. 회사 사람들이 H를 "Elle(그녀)"이 아닌 "Il(그)"로 칭하기 시작했다는 내용이었다. 더 자세히 알고 싶어 보채는 내게 친구가 H의 연락처를 주었다. 나는 H에게 장문의 메일을 보냈다. 한국에서는 고 변희수 하사의 전역 취소 소송 판결을 앞두고 트랜스젠더의 인권에 대한 기사가 쏟아지고 있었다. 이틀 후 답장이 왔다. H는 만나서 자신의 이야기를 들려주겠다고 했다.

가을 햇살이 쏟아지던 토요일 오후, 거리마다 젊은 인파가 넘쳐나던 파리 11구에서 우리는 만났다. 듣는 사람이 없는 조용한 공간을 찾고 있다는 내게 H는 자신의 친구가 운영한다는 식당을 제안해 주었고, 브레이크 타임으로 텅 빈 식당의 2층에서 우리는 마주 앉았다. H는 스물아홉 살이었고, 성전환 수술을 앞두고 있었다.


"네 살 때부터 이해할 수가 없었어. 나는 남자인데 왜 여자의 몸을 가지고 있는지."

H는 자신의 상황이 성 정체성으로 혼란을 겪고 있는 다른 사람들에 비해 매우 단순하다고 했다. 머릿속의 성별과 몸의 성별이 일치하지 않을 때, 많은 경우 인생의 어느 시기까지는 그 일치를 위해 노력하는 시간을 보내지만, 본인은 일말의 여지도 없었다고 했다. 태어나서 단 한 번의 혼란도 없이, 머릿속의 자신은

쭉 남성이었으므로 노력을 할 이유가 없었다고. 도무지 상황을 이해할 수 없을 뿐이었다고.

첫 기억은 네 살 때다. 다른 남자아이들처럼 서서 소변을 보려는 자신에게 어머니가 "여자는 이렇게 하는 거야"라며 가르쳐주었던 기억이다. 그 후로 여자화장실을 갈 때마다 너무 부끄럽고 불편해서 견딜 수가 없었다고 했다.

어릴 때부터 배움의 속도가 빨랐던 H는 초등학교 첫해를 건너뛰고 2학년으로 입학했다. 그렇게 학창시절은 늘 자신보다 두세 살 많은 사람들과 지냈는데, 그만큼 성숙한 또래들이었기 때문일까? H는 학창시절 내내 자연스럽게 남자아이로 받아들여졌다. '남자로서' 여자들을 보는 게 좋았고, 좋아하는 여자 친구가 생겨 마음을 고백해도 자연스럽게 이해받았다. 사귀는 사이로 발전하지는 못해도 그의 마음을 이상한 것으로 여기는 사람은 없었다.

자신의 몸이 '다른' 성별을 하고 있고, 그 몸으로 2차 성징을 맞은 사춘기 청소년의 마음은 어떤 것일지, 도무지 짐작도 가지 않아서 그때의 마음을 물어보았다. 하지만 그 고통이 어떻게 말로 표현될 수 있겠는가? 그는 본인도 스스로를 이해할 수 없는 상태라서 누구에게도 말할 수 없었고, 세상에 이에 대한 정보가 있을 거라고는 생각지도 못했다고 했다.

그 시기의 H를 구원한 것은 문학과 글쓰기였다. 문학을 통해 자신보다 더 큰 시련을 안고 살아가는 사람들이 많다는 것을 위로 삼았고, 글을 쓰면서 누구와도 나눌 수 없는 대화를 했다. 학년이 올라가고 입시 준비로 바빠지면서 그의 고민은 옆으로 밀려났다.

"열여섯 살 무렵부터는 그저 잠이 들기 전 매일 밤 바랐어. 밤사이 외계인 같은 존재가 다녀가서 내일 아침에는 본래의 내 몸으로 돌아와 있기를."

나는, 중국의 작은 도시에서 태어나 누구에게도 말하지 못한 비밀을 외롭게 끌어안고, 매일매일 기적을 기다리는 그 청소년을 찾아가 하루빨리 말해 주고 싶은 마음이 됐다. 세상에는 비슷한 문제를 가진 사람들이 아주 많이 있다는 것을, 그런 상태를 정의하는 의학적 용어도 있고, 자신에게 맞게 몸을 변화시킬 수 있는 방법도 있다는 것을.


H가 몸의 문제를 풀어 나가는 과정에는 크게 세 번의 결정적인 순간이 있었다. 우선, 자신의 상태를 '트랜스'라는 단어로 정의할 수 있게 된 순간이다. H는 대학에서 많은 여자친구를 사귀었으나 스스로를 남성으로 규정하고 있었으므로 자신을 동성애

자라고 생각하지 않았고, 또한 여자 친구들도 이후에 모두 이성과 결혼한 이성애자였다고 한다. 어느 날 한 레즈비언 친구와 자신의 상태에 대해 이야기를 나누었는데, 당시 심리상담을 받고 있던 그 친구가 자신에게 몇 가지 질문을 던지고는 말해 주었다. "너는 동성애자가 아니고 트랜스였구나!"라고. "너는 너의 성을 받아들이지 못하잖아?"라는 친구의 질문에 "절대 못 받아들이지. 그런데 너도 그런 거 아니었어?"라고 되묻자, 친구는 말했다. "아니야, 동성애자는 자신의 성을 받아들여. 너는 너의 성 자체를 받아들이지 못하는 거잖아. 그게 문제인 거지." 그리고 이렇게 설명해 주었다.

"너에게는 두 가지 방법이 있어. 너의 몸을 정신에 맞추거나, 정신과 상담을 받아서 정신을 몸에 맞추는 방법."

H의 나이 스물한 살, 2012년의 일이었다.

두 번째 순간은 2013년 겨울에 찾아왔다. 프랑스 유학 첫해였다. H는 중국에서 학부 때부터 프랑스로의 유학을 계획했다고 한다. 몸의 문제 때문은 아니었다. 공부를 계속하기 위해 미국 유학을 준비하고 있던 와중에 담당 교수의 조언으로 프랑스로 오게 됐다.

학부를 졸업하고 프랑스에 도착해 어학연수를 하는 중이었다. 한 중국인 친구가 갑자기 생각났다는 듯 이렇게 말했다. "어머, 몰랐구나. 수술을 하면 되는데! 성별을 바꿀 수 있는 수술이 있어." 그 이야기를 하며 그 순간으로 돌아간 H는 얼굴을 감싸 쥐고 이렇게 외쳤다. "오 마이 갓! 그런 게 있었다니!" 평생을 찾아 헤맸던 해결책을 찾은 것이다.

하지만 그전에 가장 큰 과제가 남아 있었다. 부모님이었다. H는 평생을 간직해 온 비밀을 언젠가 부모님께 말해야 함을 알았지만, 프랑스에 오기 전에는 스스로도 명확하게 자신의 상태가 무엇인지 정의할 수 없었고, 무엇보다 자신이 말을 한 이후에 부모와 관계가 멀어질까 봐 두려웠다.

수술을 결심한 후에도 몇 해를 그냥 보냈다. 부모에게 말하지 않고 진행할 수는 없었다. 우선 경제적으로 스스로를 책임질 수 있어야 부모님에게 이야기할 자격이 있다고, 그래야 성인 대 성인으로 진지하게 받아줄 거라고 생각했다. 공부를 마치고 취직을 하는 게 우선이었다. 프랑스에서의 치열한 시간이 흘러갔다. 그래도 프랑스에서의 삶이 훨씬 좋았다. 누구도 그에게 성별을, 왜 남자처럼 옷을 입고 행동하는지를 묻지 않았다.

취직한 후에도 마찬가지였다. 동료들에게 자신의 상태를 솔직하게 이야기했고, 모두가 자연스럽게 받아들였다. 입사할 때는 '여성'으로 자신을 소개했으나, 그는 조금씩 '남성'으로 스스로를 말하고 있었다(프랑스어에서는 남성/여성 주어에 따라 모든 단어가 남성형, 여성형으로 달라진다. 예를 들어, 자신이 부재 중임을 이야기할 때, 남성의 경우 "Je suis absent"이라고 쓰고 "쥬 쉬 압성"이라고 말하지만, 여성의 경우에는 "Je suis absente"라고 쓰고, "쥬 쉬 압성트"로 말한다. 형용사의 마지막에 e를 붙이고 발음도 달리하는 것이다).

부모님에게 빨리 이야기해야 한다고 그를 설득한 것도 직장 동료들이었다. 문화적 차이로 그에게는 엄청나게 보이는 일이 프랑스인 동료들에게는 좀 더 자연스러운 일로 여겨졌을 것이다.

그는 2019년 휴가를 내 중국에 잠시 귀국했다. 그리고 어느 오후, 자연스럽게 세 번째 결정적인 순간이 찾아왔다. 부모님과 함께 친척 집에 들렀다가 돌아오는 차 안에서 본능적으로 지금이라는 생각이 들었다. 그는 가만히 이야기를 시작했다. 평생을 감춰 왔던 자신의 문제를, 남자와 결혼할 수 없는 이유를, 그리고 앞으로의 수술 계획을.

고속도로 갓길에 차를 세우고, 세 가족은 오랫동안 눈물을 흘렸다고 한다. 제일 먼저 아버지가 입을 열었다. 말해 줘서 고맙다고. 함께 해결책을 찾아보자고. 혼자서 고민하는 시간은 이제 끝났다고.

그날 멋지게 말한 것은 아버지였지만, 이후 실질적으로 모든 과정을 함께 알아보고 함께 고민해 준 사람은 차 안에서 "어떡하니"만 반복하던 어머니였다고 한다. 그 얼마 후 어머니와 함께 공항에서 비행기를 기다리던 중 어머니가 H에게 물었다. 너의 마음이 지금 어떤 상태냐고. 그동안 어떤 생각을 하며 살아왔는지 더 알고 싶다고. 혹시 수술 말고 다른 방법은 없는 거냐고. 남자와 결혼하기 위해 노력해 볼 수는 없는 거냐고. 선택은 이것뿐이라는 H의 단호한 대답에 어머니는 이렇게 말해 주었다.

"네가 무엇을 하든, 네가 행복하다면 나는 너를 지지할 거야. 너는 너의 행복에만 집중해, 나머지는 엄마가 다할게."

H는 자신의 삶에서 가장 중요한 사람들의 지지를 얻었다. 이제부터는 세상 누가 뭐라고 말하든 상관이 없어졌다. 부모 혹은 주변 사람들에게 커밍아웃을 앞두고 있는 이들에게 H는 "스스로의 상태에 대해 명확하고 단호한 태도를 보일 것"을 조언했다. 자신의 상태를 정확히 알고 있는 모습을 보여야 주변 사람들 또한 자연스럽게 설득될 수 있다는 것이다.

H는 곧 호르몬 치료와 성전환 수술 절차를 시작할 예정이다. 이후 신분도 남성으로 바뀔 것이다. 회사 팀원들에게도 전체 메일로 공지할 생각이라고 한다. 그 메일을 받고서, 그의 동료들은 '이제야'라는 생각을 할 것이다. 우리 대부분은 태어날 때부터

당연한 듯 가질 수 있었던 '내 몸'과 '나의 성별'을 그는 이제야 뒤늦게 스스로의 노력으로 갖게 됐구나 생각하게 될 것이다. 내가 그렇게 생각할 것이듯이.

인터뷰를 마치며 그가 말했다.

"내가 이 자리에 나온 것은 단 한 가지 이유였어. 네가 프랑스인이었다면 나는 나오지 않았을 거야. 나는 한국에도 나와 같은 고민을 하는 수많은 젊은이들이 있다는 걸 알고 있거든. 그들에게 하나의 예로서 나를 보여 주고 싶었어. 어렸을 때 내가 의지할 것은 책밖에 없었듯이, 누군가 네 책에서 내 이야기를 읽을 수도 있으니까. 나는 그들에게 힘이 되고 싶어."

H를 만난 후 며칠이 지나도록, 나는 내내 설명할 수 없는 슬픔과 흥분에 달떠 있었다. 그사이, 고 변희수 하사의 전역 취소 소송의 판결이 보도됐다. H의 마음이, 필요한 누군가에게 그대로 잘 전달되기를, 간절히 바란다. 그리고 덧붙인다면, 우리는 모두 태어날 때의 주어진 환경과 조건에서 벗어나 자신의 의지대로 살아갈 권리가 있다. 바로 이 말을, 이 글을 쓰는 내내 하고 싶었다.

# 카트린과 올리비에의 끝과 시작

*Le début et la fin de la vie de*
*Catherine et Olivier*

내가 그 일에 대해 처음 알게 된 것은 약 4년 전이었다.

"카트린에게 남자가 있었나 봐, 올리비에랑 이혼할지도 모른대."

남편의 말에 길에 멈춰 서서 전화에 대고 "뭐라고? 다시 말해 봐. 정말이야? 확실해?" 같은 말만 수없이 반복했던 기억이 난다. '세상에, 카트린이?' 하며 마지막으로 카트린을 만났을 때를 기억해 내려 하다가, 올리비에를 떠올렸다. 생각은 거기에서 멈췄다. "아니 도대체 왜?" 다른 말이 나오지를 않았다.

카트린은 60대 프랑스인 여성으로, 남편의 이모다. 나와는 멀다면 먼 관계지만, 남편과 가장 친한 사촌형제인 세드릭의 엄마기도 하고, 시어머니와 절친한 자매기도 해서 서로의 소식은 늘 듣고 산다. 그녀를 생각하면 남편인 올리비에도 함께 떠오르는데, 가족들 사이에서 그가 특히 인기가 많기 때문이다. 세드릭을 비롯해 그의 아들들도 아버지를 특히 따랐고, 카트린의 어머니까지도 종종 따로 만나 식사를 할 정도로 사위를 아꼈다. 그런 올리비에에게 이게 무슨 일인가?

언젠가 카트린과 올리비에가 세드릭을 보기 위해 파리에 왔다고 해서 같이 식사를 한 적이 있다. 그날의 식사에서 한 장면이 오랫동안 잊히지 않았다. 식사가 거의 마무리될 무렵이었다. 카트린은 당시 한창 몰두하던 취미인 '스크랩북킹'에 필요한 재료 이야기를 거의 20분째 하고 있었다. 그 자리 대부분의 사람들에게는 스크랩북킹이라는 말 자체가 생소했으나, 다들 지루함을 꾹 참고 듣고 있었다. 나 또한 카트린의 말을 들으며 자꾸 딴생각에 빠져들었는데, 정신을 차릴 때마다 놀랍게도 여전히 대화의 주제는 스크랩북킹이었다. 그 식탁에서 올리비에만이 "그렇지", "맞아" 같은 추임새를 열심히 넣고 있었는데, 그렇다고 스크랩북킹에 대해 우리보다 더 많은 관심을 가지고 있는 것 같지는 않았다. 그 모습을 보며 생각했었다. 본인은 그다지 관심이 없는 아내의 취미 이야기를 저만큼 열심히 경청하는 중년의 남편이 얼마나 될까, 오래도록 사이좋은 관계의 뒤에는 서로를 향한 끊임없는 노력이 확실히 존재하는구나, 하고.

그랬던 두 사람인데 이혼을 한다니, 그것도 일흔이 가까운 나이에 아내에게 새 남자가 생겨서라니, 놀라웠다.

얼마 후 세드릭을 만났다. 엄마의 외도 소식에 여전히 혼란스러워 보였는데, 무엇보다 아버지 걱정이 컸다. 카트린이 세드릭에게 잘못 보낸 메시지가 문제의 시초였다고 했다. 회사에서 회의를 하던 중에 엄마의 메시지를 받았는데, 내용이 누가 봐도 연인에게 보낸 것이어서 그 자리에서 튀어오를 뻔했다는 것이다. 메시지를 받는 상대가 본인이나 아버지가 아닌 것이 확실한 상황에서 혹시 엄마가 그사이 번호를 바꾸었나, 그래서 모르는 사람에게서 메시지가 온 건가 생각했다고 한다. 그런데 잠시 후, 어머니로부터 메시지 하나가 더 도착한 것이다. 제발 아니길 바랐던, 잘못 보내서 미안하다는 메시지였다.

세드릭은 알게 됐다. 엄마가 몇 해 전부터 취미로 나가던 동호회에서 만난 남자와 사랑에 빠졌고, 지금까지 둘이 계속 만나 왔고, 상대 남자는 올리비에보다 더 나이가 많은 70대의 사별한 남성이라는 것을.

올리비에에게 알려야 한다고 말한 사람은 세드릭이었다. 그는 엄마의 이야기를 듣는 내내 그동안 모두가 속아 왔다는 것이 화가 나서, 당장 아버지에게 말하고 엄마의 행동에 책임을 지라고 했다. 그는 그때 그 말을 하지 않았다면 어땠을까, 종종 생각한다고 했다.

어차피 벌어진 일, 우리의 가장 큰 관심은 카트린은 이혼을 원하고 올리비에는 원치 않는다는 사실에 있었다.

결국 올리비에와 카트린은 1년간의 별거를 결정했다. 카트린이 집을 얻어 나가기로 한 것이다. 나는 평생 가정주부였던 카트린이 어떻게 생계를 유지해 나갈지가 궁금했다. 올리비에는 평생 직장생활을 하고 몇 해 전 퇴직해 넉넉한 연금을 받고 있었으나, 내가 알기로 카트린은 사회생활을 한 적이 없었기 때문이다. 남편은 너무나 당연한 걸 궁금해한다는 듯이, 카트린의 집세와 생활비를 모두 올리비에가 부담한다더라고 전해 주었는데, 이 사실이 나에게만 충격인 것 같았다. 나로서는, 외도를 하고 원치 않는 이혼을 요구하는 배우자에게 집을 얻어 주고 생활비를 나눠 주는 결정을 할 수 없을 것 같은데, 남편을 비롯한 다른 가족들은 그런 나의 의문에 똑같이 의문으로 답했다.

"아니, 그럼, 카트린이 이제 와서 어디에 가서 돈을 벌겠어? 거리에 나앉도록 둘 수는 없잖아?"

그럼에도 나는 다시 의문이 들었다. '아니, 보통은 그래서 집을 못 나가는 것 아닌가?' 하지만 이 생각을 입 밖으로 낼 수는 없었다. 생각해 보니, 올리비에가 받는 연금의 절반은 카트린에게 권리가 있었다.

1년이 지나고도 두 사람은 별거를 유지했다. (아마도 나에게만) 놀라운 소식은 계속해서 들려왔다. 별거 상태를 유지하면서도, 그러니까 별거 비용을 지원받으면서도, 카트린은 애인과의 관계를 유지하고 있고, 올리비에도 이를 알고 있다는 것이다.

더 놀라운 건, 카트린의 어머니, 그러니까 남편의 외할머니가 코로나19 팬데믹 속에 노환으로 거동이 불가능해져 가족들이 순번을 정해 돌보게 됐는데, 카트린이 시간이 안 될 때마다 올리비에가 가고 있다는 사실이었다. 나는 올리비에의 마음을 어떤 면에서는 알 것 같기도 하고, 한편으로 '그는 진정 성인군자가 아닌가' 하는 생각도 들었다. 다른 가족들은 처음에는 올리비에를 걱정하다가, 점점 두 사람의 이별을 기정사실로 받아들이게 됐다. 올리비에는 카트린과는 별개의 가족이 되어 가고 있었다.

그러는 동안, 프랑스 거주자의 70퍼센트 이상이 백신 접종을 완료하면서 팬데믹 이전의 자유로운 분위기가 형성되기 시작했다. 가족들 간 교류가 재개되고 얼마 지나지 않아 파리에 온 올리비에를 만날 수 있었다. 남편 집안 사람들의 가장 큰 특징 중 하나는, (우리 집이라면) 창피해서 혹은 자존심이 상해서 친척들한테도 하지 않을 이야기를 아무런 거리낌 없이 나눈다는 것인데, 이번 일도 그랬다. 올리비에는 아내의 지속되는 외도와 이혼 요구에 처한 자신의 심경을 아무렇지도 않게 이야기했다. 카트린이 그 남자의 집으로 이사하기만을 기다리고 있다면서, 이혼하면 모든 재산을 절반으로 나누고, 그도 새집에서 새 출발을 할 생각이라고 말했다.

그리고 그는 남은 인생에서 외로움이 가장 두렵다고 말했다. 퇴직 후 노년을 혼자 살게 될 줄은 몰랐다며, 몇 해 전 입양한 강아지가 없었다면 더욱 힘들었을 거라고 담담하게 말했다. "카트린도 새로운 사람을 만났는데, 나도 다른 사람을 만날 수 있겠지?" 농담 섞어 웃기도 했다.

외로움이라는 단어가 자연스럽게 그의 입에서 나올 때 나는 조금 충격을 받았다. 잘 알지는 못하지만 그동안 느껴 왔던 성정으로 볼 때, 그는 그런 말을 아무렇지도 않게 할 사람이 아니었다. 그가 지난 몇 해 동안 감당해 온 극단적인 고통이, 그 순간 훅 느껴졌다.

세드릭 또한 아버지가 없는 자리에서 괴로움을 토로했다. 새로운 인생의 출발선에서 한껏 신이 난 엄마의 모습을 받아들이는 것이 너무 힘들다고 했다. 카트린은 최근 들어 애인과 전국 곳곳으로 여행을 다니고 있는데 하루에도 몇 번씩 세드릭에게 각종 풍경과 음식, 와인 사진을 전송한다고 했다. 카트린을 아는 사람들에게 그건 참으로 놀라운 일이었다. 평소 그녀는 여행을 극도로 싫어했고, 와인은 크리스마스에나 입에 댈 정도였기 때문이다. 카트린이 완전히 다른 사람이 된 것 같았다.

세드릭은 아버지와는 대조적인 어머니의 상태도 편하게 바라보기가 힘들지만, 무엇보다 어머니가 애인과의 관계를 아들들에게 공식화하면서 그와의 만남을 준비하는 것이 너무나 부담이라고 했다.

가족에게 헌신적이었던 올리비에의 지금 상태가 부당하다고 생각하며 씁쓸했던 우리 부부는, 세드릭의 괴로움을 십분 이해하면서도 별다른 위로의 말을 할 수가 없었다. '너희 어머니 너무 철이 없으신 거 아니니?' 같은 생각을 어떻게 말로 할 수가 있겠는가.

파리에 사는 세드릭과 지방 곳곳에 흩어져 있는 그의 형제들은 각각 엄마의 애인을 만났다고 한다. 우연히 그 형제들과 연락할 일이 있었던 나는 모두의 생각을 물을 수 있었는데, 그들의 답을 합쳐 보면 이런 내용이 되었다.

"놀랍게도 너무나 괜찮은 사람이었고, 그나마 엄마를 위해서는 다행이라는 생각이 들었어. 엄마가 그렇게 즐겁고 행복한 걸

언제 봤는지 모르겠어. 그 상태가 최대한 오래 지속되면 좋겠다는 바람마저 들더라."

그 말들을 들으면서 살짝 소름이 돋았다. 카트린은 자신의 행복을 위해 달려가고 있었다. 사실 우리 모두는 그럴 권리가 있지 않은가. 나는 왜 잘 알지도 못하면서 '올리비에 같은 남편을 두고'라는 생각부터 했을까? 왜 일흔의 나이는 삶을 정리하는 시기라고 생각한 걸까? 무엇보다, 60대의 부부도, 70대의 부부도, 자신의 선택에 따라 가슴 서늘한 이별을 할 수도 있고, 새로운 사랑도 꿈꿀 수 있다고, 나는 왜 헤아려 볼 수 없었을까?

그런 짐작을 해 보았다. 평생을 가정주부로, 어디에 가든 사람들의 주목과 사랑을 받는 남편의 옆에서 살았던 삶은, 우리의 예상과는 달리 그리 행복하지 않았을 수도 있다. 일흔의 나이가 다가오고, 퇴직 후 휴식을 취하려는 남편을 보며 삶이 이렇게 정리될 수도 있다는 생각이 들 때, 그때 마음속에서 '이렇게 죽을 수는 없다'는 외침이 절실하게 터져 나온 것이 아닐까. 살면서 이미 수차례 참아 왔던, '나'를 찾고 싶고 내 의지대로 살고 싶다는 욕망이, 이번에는 정말 마지막이라는 생각과 함께 터져 나와 외면할 수 없었을지도 모르겠다. '나를 찾는 일'이 누군가에게는 사랑일 수도 있음을 나는 생각하지 못했다.

끝날 때까지 끝이 아니라는 것, 의지에 따라 우리는 얼마든지 또 다른 반전을 만들어 낼 수 있다는 사실이, 누군가에게는 희망이고, 누군가에게는 절망이 된다.

# 아이 없는 삶

*La vie sans enfant*

서른 살에 결혼을 할 때까지는 내가 아이 없는 삶을 선택하게 될 줄 몰랐다. 나는 어릴 때부터 아이를 좋아했고, 20대 초반에는 남편은 없어도 아이는 있으면 좋겠다고 바라기도 했다. 아이가 있으면 의무적으로나마 살아갈 수 있을 것 같았다. 황무지 같은 세상에서 온전한 내 편이 될 뭐라도 있다면 끌어안고 싶던 시절이었다. 그때 아이를 갖지 않은 것은 참으로 다행한 일이다.

프랑스는 출산율이 높은 나라다. 2019년 성인 여성 1인당 합계 출산율이 1.86명으로 유럽에서 가장 높은 수치를 기록했다.§ 같

---

§  유럽을 주제로 한 뉴스 사이트 투트 류럽Toute l'europe 2021년 6월 3일 기사 '유럽연합의 출산율Le taux de fécondité dans l'Union européenne'.

은 해 우리나라 출산율은 0.92명이었다. 이러한 수치가 피부에 와닿도록 내 주변의 프랑스인 친구들은 대부분 아이가 있고, 한국인 친구들은 대부분 아이가 없다. 프랑스인 친구들은 대부분 결혼을 하지 않고 팍스(PACS, 동거 신고제도)만 했고, 한국인 친구들은 결혼을 했는데도 그렇다. 프랑스인 대학 동창들과의 만남이 소원해진 시기가 내가 휴일에 글을 쓰기 시작하면서라고 생각해 왔는데, 이제 보니 그들이 아이를 낳으면서였다.

프랑스의 출산율이 높은 가장 기본적인 이유는 여성들이 아이를 낳아 기르기 좋은 사회적 환경에 있을 것이다. 그 중심에는 아주 어린 나이부터(생후 3개월) 믿고 맡길 수 있는 탁아소 시스템이 있을 것이고, 아이를 낳고 기르는 과정의 어려움을 남의 일로 보지 않는 사회구성원들의 배려가 있을 것이다. 내 주변의 모든 여성들은 아이를 낳고 각자 원하는 대로 직장에 복귀할 수 있었다. 속해 있는 조직의 성격에 따라 다를 것이지만, 임신을 계획하면서 경력단절을 걱정한 사람은 거의 없었다.

몇 해 전에 국회에서 모유수유를 하는 호주 국회의원의 모습이 세계적으로 화제가 된 적이 있었는데, 남편의 회사에서도 한 동료가 갓난아이를 자주 데려와 모유수유를 했다는 이야기를 들은 적이 있다. 출산율이 높다는 것은 육아의 경험이 있는 구성원들이 많아진다는 의미니, 서로의 어려움을 이해하고 돕는 분위기도 자연스럽게 형성될 것이다.

프랑스의 출산율이 높은 또 하나의 이유로는 가족과 모여 놀기 좋아하는 프랑스 사람들의 성향을 꼽을 수 있다. 내 세대의 친구들도 휴가와 명절은 꼭 부모형제들과 보낸다. 아이를 낳겠다는 의지는 곧 가족을 이루겠다는 의지다. 싫든 좋든 가족들과 왁자지껄 함께 보내는 휴가와 명절을 당연하게 여기는 프랑스인들에게 가족은 미래를 설계하는 데 있어 중요한 요소다.

출산율 높은 프랑스에서 우리 부부는 아이를 낳지 않는 선택을 했다. 정확히 말하면 우리는 아이를 갖겠다는 결심을 하지 못한 채로 여기까지 왔다. 결혼 직후에는 아이를 언제 낳을 것인가를 종종 이야기했지만, 자연스럽게 늘 지금은 아니라는 결론으로 흘렀다. 우리의 30대는 각자의 미래를 설계하고 준비하는 것만으로도 벅찼다. 나보다도 두 살이 어린, 게다가 아이를 낳는데 있어 상대적으로 신체 나이를 덜 생각해도 되는 남편에게, 아이는 더더욱 나중의 일이었다.

그러다가 서른다섯 살 생일을 맞았을 때, 나는 문득 위기감을 느꼈다. 그냥 미루기만 할 것이 아니라, 확실히 결정을 해야 한다는 생각이 들었다. 생일을 맞아 우리는 생제르맹 데 프레 거리의, 평소에는 잘 가지 않는 카페 레 두 마고Les deux magots에서 무려 샴페인을 마셨는데, 그 밤 나는 남편에게 앞으로 1년간 아이를 낳는 삶을 살 것인지 잘 생각해 보고 1년 후 서로의 결론을 이야기하자고 제안했다. 그 밤의 대화가 기억에 남은 것은 레 두마고의 힘일 것이다.

비장한 제안이 무색하도록, 이듬해 우리가 어떤 결론을 이야기했는지 기억이 없다. 아마도 서른다섯의 생일 이후 약 2년간 내게 닥쳤던 굵직한 사건들 때문일 것이다. 이미 존재하는 사람들만의 일로도 마음이 너무 지쳐서, 존재하지 않는 생명체의 운명까지 고민할 겨를이 없었다.

그리고 또 1년 뒤, 우리는 유기묘였던 로미를 입양했고 자연스럽게 아이에 대해서도 이야기를 나누게 됐다. 우리는 둘 다 같은 대답을 내놓았다.

"네가 원하면 갖자. 하지만 나는 아이가 없어도 괜찮겠다는 생각이 들어."

나는 이 점이 우리 두 사람이 아이를 갖지 않은 가장 큰 이유라고 생각한다. 남편은 내가 아이를 낳고 싶다고 하면 아이를 갖는 삶 쪽으로 노력할 사람이고, 나도 남편이 꼭 갖고 싶다고 했다면, 아이가 있는 삶을 설계했을 것이다.

아이를 가질지를 결정할 수 있는 거의 마지막 시기인 30대 내내 우리 두 사람은 앞으로의 인생에서 우리가 무엇을 가장 필요로 할지 무의식적으로 느끼고 있었다. 가장 하고 싶었던 일을 직업으로 삼지 못했던 우리는, 다른 일을 하면서 살 수 있는 시간이 절대적으로 필요할 것임을, 그것이 행복의 중요한 조건이 될 것임을 알았다. 책과 글, 영화, 여행, 폭 넓은 사회적 관계와 다양한 경험이 인생에서 아이를 키워 내는 일만큼 중요한가라고 묻는다면, 우리에게는 그랬다. 나는 적어도 그렇다.

그것은 현재의 삶의 패턴을 바꾸지 않고 인생의 가장 큰 변수를 줄이기 위한 선택이라고도 해석할 수 있다. 인생의 변수, 삶의 예측 불가능성을 줄인다는 것은 가능한 안정성을 확보한다는 의미도 되지만, 경험할 수 있는 삶의 스펙트럼이 줄어든다는 의미도 된다. 아이를 낳아 기르는 사람들이 말하는, 살면서 한 번도 느껴 보지 못했던 엄청난 행복과 누군가를 향한 무조건적인 사랑의 마음 같은 것, 또한 내가 탄생시킨 한 생명체의 성장을 지켜보며 경험할 수 있는 무수한 감동과 격한 감정들은 내 인생에서는 없는 일이 된다.

그런 생각을 하면, 아쉬운 마음도 든다. 하지만 그것은 내가 한 번도 경험해 보지 않은 추상적인 감정이다. 나는 지구상의 가능한 많은 땅을 밟아 보고, 가능한 다양한 사람을 만나고, 가능한 많은 감정을 경험할 수 있는 삶을 동경하지만, 한정된 시간의 인생에서 원하는 모든 일을 다 할 수는 없음을 또한 알고 있다.

주체적인 삶은 최대한의 선택을 자신의 의지로 한다는 뜻이기도 하다. 조금 아쉽기는 하지만, 나는 아직 경험이 없어 추상적으로 느껴지는 그 행복은 선택하지 않고 넘어가기로 했다.

아이를 낳지 않는 선택으로 경험하지 못할 어떤 세계가 있다는 데에는 동의하지만, 그게 이기적인 선택이라는 비판을 들으면 갸우뚱해진다. 사람들은 덜 이기적으로 살기 위해 아이를 낳는가? 가족을 만들기 위해, 더 행복해지기 위해, 결국 자신을 위해 아이를 낳는 게 아닐까? 자기 가족만 더 잘살자고 탈세를 저지르고 공공을 위한 노력을 하지 않는 사람들이 이기적인 게 아닐까? 플라스틱 사용을 줄이고, 고기를 덜 먹고, 공교육과 육아휴직 제도를 위해 성실하게 납세하고, 노키즈 존을 만들지 않는 것이 미래의 세상을 위해 더 중요한 노력이 아닐까?

언젠가 한 영국인과 이야기를 나누다가 인상적인 말을 들었다. 내가 한국의 낮은 출산율이 사회문제가 되고 있음을 이야기하자 그는 깜짝 놀라며 이렇게 말했다.

"너는 진심으로 사람들이 아이를 더 낳아야 한다고 생각하니? 지금 지구상에 인구가 너무 많아서 환경이 오염되고 있는 거 알지? 나는 인구가 너무 많아서 문제라고 생각하는데."

인구문제는 이렇게 세계관의 스케일에 따라 다르게 분석될 수 있는 것이다.

높은 출산율을 실감할 만큼, 내가 사는 이 도시의 거리에는 아이들이 넘쳐난다. 결혼은 했는데 아이는 없는 내 상황이 한국에서보다 프랑스에서 더 의아하게 여겨진다는 기분도 종종 든다. 타인의 삶을 크게 궁금해하지 않고, 직접 묻거나 말하는 일은 거의 없는 프랑스 사람들이다 보니, 사람들이 어떻게 생각하는지 느낄 일이 비교적 적을 뿐이다.

한번, 고양이 알레르기를 걱정하는 내게 60대 여성인 담당의사가 "그냥 아이를 가지세요"라고 말해 무척 황당했던 경우는 있다. 고양이와 아이가 무슨 관계냐며, 이야기를 전해 들은 주변 친구들까지 모두 화를 냈지만, 서로 거의 20년을 보아 온 사이라 쉽게 말했을 거라고 생각하기로 했다. 시부모님의 경우에는, 결혼 후 10년이 되도록 출산에 관해 한 번도 묻지 않으셨다. 다만 얼마 전 남편에게 "혹시 일부러 안 갖는 거냐"고 물으셨고, 그렇다고 하자, 요즘 세상 돌아가는 걸 보면 그 선택도 이해할 수는 있다고 고개를 끄덕이셨다는 얘기를 들었다. 그렇게 그날의 화제는 갑자기 지구온난화로 이어졌다고 했다.

언젠가 후회할 수도 있음을 안다. 가끔 잠이 깨어 뒤척이는 새벽에는 '나는 얼마나 혼자인가' 하는 생각이 절절하게 들 때도 있다. 아이 없이 산다는 것은 얼마나 대범한 결정인지, 언젠가 나이가 들어 완전히 혼자가 됐을 때, 그때는 이런 새벽을 어떻게 견딜 수 있을지 고민이 되기도 한다. 인생의 바쁜 일들이 다 지나간 노년의 어느 날, 모두가 화기애애하게 가족과의 저녁을 보내고 있을 때, 우리는 서로의 얼굴을 보며 조금 쓸쓸해지지 않을까?

프랑스인치고 가족주의가 약한 편인 남편은 이런 질문에 "전혀"라고 자신 있게 답한다. 나는 그처럼 "전혀"라고 답하지는 못하겠다. 인생은 어떻게 살아도 후회할 수밖에 없음을 안다. 선택하지 않은 길에는 늘 후회의 가능성이 있다. 그러니 그때가 되면 그냥 후회를 하면 되지 않을까? 후회를 하면서, 또 고민하면 된다. 주어진 상황에서 나아질 수 있는 어떤 선택이 분명히 있을 것이다.

# 로미와 함께하는 삶

*La vie avec Romi*

2015년은 남편과 나, 두 사람 모두가 우울과 자괴감 같은 감정들에 빠져 있던 시기였다. 세상이 우리를 등지고 있는 것 같았던 그해 5월의 토요일, 집 앞 이탈리안 식당에서 점심을 먹고 밖으로 나가려고 보니 날씨가 너무나 화창했다. 내 마음이 지옥일때는 세상의 아름다움을 온전히 마주하기가 고통스러운 법이다. 우리는 계획을 바꾸어 그 자리에서 술이나 마시기로 했다.

거리마다 넘실거릴 행복감을 고통 없이 통과할 만한 알딸딸함을 갖추고 식당에서 나왔을 때, 마침 그 길에서 유기동물 보호소 연합에서 준비한 연례행사가 진행되고 있었다. 술김에 갑자기 기분이 좋아진 우리 둘은 고양이나 구경하자며 인파에 휩쓸려 행사장 안에 들어갔고, 나올 때는 셋이 되어 있었다. 그날 저녁 술이 깼을 때, 고양이 한 마리가 '이런 누추한 곳에 감히 나를 데려온 너는 누구냐' 하는 표정으로 책상 위에 앉아 있었다. 고양이 로미는 이렇게 '술김에' 우리 집에 와서 7년째 살고 있다.

평생을 반려 고양이와 함께 살아왔던 남편과 달리, 반려동물에 관한 기억이라고는 어릴 때 부모님이 키우시던 새장 속의 잉꼬새와 어항 속의 금붕어가 다였던 나는, 정말 몰랐다. 고양이 한 마리가 인간의 삶에 얼마나 큰 영향을 끼칠 수 있는지. 나중에 얘기해 보니, 남편은 확신하고 있었다고 했다. 당시 피폐할 대로 피폐해진 우리의 영혼을 구원할 수 있는 존재는 고양이밖에 없음을. 하지만 평생 고양이를 모르고 살았던 내게 아무리 "지금 우리에겐 고양이가 필요하다"를 외쳐 봐야 귓등으로도 들어 줄 리 없음을 알았고, 그래서 칵테일 몇 잔으로 한껏 고양된 내 상태를 이용한 것이었다. 그날 이탈리안 식당 앞에서 반려동물 입양 행사를 맞닥뜨린 것은 순전히 우연이었다. 되는 일 없던 우리에게 떨어진, 지금 생각해 보면 참으로 귀한 행운이라고나 할까.

로미를 데려온 다음 날부터 나는 반려동물과 함께하는 삶의 쓴맛을 보았다. 일요일 아침의 달콤한 늦잠도 포기한 채, 아침

댓바람부터 '고양이 잘알'인 남편은 '잘알못'인 나를 동물용품 판매점에 끌고 가 엄청난 쇼핑을 했다. 나는 내내 "이게 다 필요 하다고? 이럴 필요까지 있어?"를 외치며 툴툴거렸는데, 실로 엄 청난 양의 물건들이었다. 고양이 화장실통부터 모래, 모래주걱, 밥그릇, 물그릇, 건식 사료, 습식 사료, 장난감, 발톱깎이 가위, 3단 캣타워까지. 당장 위급하게 필요하다는 커다란 화장실통과 무거운 모래포대, 사료포대를 양손 가득 들고 끙끙대며 지하철 을 타고 오던 장면이 떠오른다. '도대체 어제 무슨 미친 짓을 한 거지?' 하는 막심한 후회와 '저 생명체가 앞으로도 계속 우리 집에 산다는 거지?' 하는 막연한 공포가 동시에 밀려왔다. 남편 에게 한 방 먹은 것 같아 억울한 기분도 들었다.

그로부터 몇 주간은 전쟁이었다. 우선은 미처 생각하지 못했 던 고양이 알레르기 증상이 심각했다. 로미와 함께 살게 된 지 며 칠 지나지 않아, 집 밖에서도 기침이 나고 천식발작처럼 숨을 쉬 기가 어려운 상태가 자주 찾아왔다. 고양이 알레르기인 것을 알 고, 침실 문을 닫아 두고 로미가 드나들지 못하게 해도 증상은 나아지지 않았다.

병원에 가서 알레르기 약을 처방받고, 알레르기 전문의와 약 속을 잡았다. 피를 뽑아 알레르기 검사를 했는데, 역시 고양이 알레르기 수치가 높았다. 전문의는 이미 고양이를 입양했다는 말에 한숨을 쉬더니 말했다. "고양이가 참 귀엽기는 하죠." 그러고는 약 2년 동안 매일 같은 시간에 약을 먹어야 하는 엄청난 공이 들어가는 치료법을 설명했는데, 성공률은 50퍼센트 정도로 매우 낮고 비용도 많이 든다고 했다. 고민하는 내게 충분히 생각하고 다시 오라면서, 그는 이렇게 덧붙였다. "개인적인 의견을 드리자면, 성공률이 낮은 치료라서 그리 권하고 싶지 않아요. 알레르기 반응은 시간이 감에 따라 줄어들 수도 있고요. 필요한 대로 약 먹으면서 대처하다 보면 나아질 수도 있어요."

그의 말처럼 다행히도 알레르기 증상은 시간이 갈수록 나아졌다. 다만 피곤하고 컨디션이 좋지 않을 때 찾아오는 발작을 대비해 호흡기 천식 약은 늘 몸에 지니고 살고 있다.

로미와 함께 살면서 감내해야 하는 불편함은 물론 이게 다가 아니다. 한 번도 개나 고양이와 같은 네 발 달린 보행 동물과 살아 본 적 없던 내게는 당황스러운 일들이 사실 너무 많았다. 먼저, 서로 다른 삶의 패턴이 문제였다. 밤에 본격적인 활동을 해야 하는 고양이가 집에 갇혀 할 수 있는 일이 뭐가 있겠는가? 로미는 모두가 출근한 낮에는 평화롭게 숙면을 취하고, 모두가 돌아온 저녁이 되면 슬슬 눈빛이 맑아지는데, 모두가 잠들고 나면 본격적으로 집 곳곳을 다니며 우리로서는 자세한 내용을 알 길이 없는 밤의 사냥을 시작한다. 그러다가 배가 고파지면 닫힌 침실 문을 긁어 대고, 반응이 없으면 거실, 욕실 할 것 없이 선반과 탁자 위의 물건들을 떨어뜨리며 가능한 모든 소음을 만들어 게으른 집사들을 깨우는 것이다. 7년이 지난 지금까지도 밤새 깨지 않고 숙면을 취하는 밤이 한 달에 며칠 안 된다. 로미가 입주한 이후 몇 주 동안, 수많은 컵과 그릇 들이 깨져 사라졌고, DSLR 카메라의 렌즈가 깨졌으며, 퇴근 후 주방 바닥에 올리브유 병이 깨진 것을 보며 시작한 불타는 금요일 밤도 있었다.

이런 까닭에, 로미와 처음 함께하기 시작한 몇 주는 태어나서 처음 겪는 고통에 미쳐 버릴 지경이었다. 고양이의 습성을 아는 남편은 한없이 관대했고, 그럴수록 나는 예민해졌다.

어느 아침이었다. 밤새 로미에게 시달린 상태에서 충혈된 눈으로 출근 준비를 하던 나는, 또 한 번 사고를 친 로미에게 폭발해 짜증 섞인 고함을 질러 댔다. 그날 로미의 반응을 나는 잊을 수 없다. 로미는 처음 듣는 고함에 화들짝 놀라 허리를 곧추세우며 자리에서 점프를 하더니 나를 보고는 욕실로 도망을 갔다. 쿵쿵대며 쫓아갔더니, 로미가 텅 빈 욕조 안에서 겁에 질려 나를 보고 있었다.

아직도 그 장면을 생각하면 미안한 마음에 손끝이 저릿해진다. 그날 로미의 표정을 보고 정신이 들었다. 나는 무슨 짓을 하고 있는가. 나는 왜 고양이에게 인간의 지각을 요구하는가. 어쩌면 로미는 밖에서 자유롭게 살기를 원할 수도 있고, 넓고 정원이 있는 집에 입양이 됐다면 훨씬 행복할 수 있는데, 내 마음대로 좁은 아파트에 데려와 가둬 둔 것도 모자라 왜 내 식대로 살라고 강요하는가. 그렇다고 고양이가 내 말을 알아들을 리도 없는데. 내가 괴물이 된 것 같았다.

그날 이후로 나는 고양이를 고양이로 바라보기로 했다. 그렇게 관점을 바꾸니 로미가 하는 모든 일에 할 말이 없어졌다. 고양이는 탁자 위의 물건을 떨어뜨리기를 좋아한다. 이유는 모른다. 인간 따위가 이해할 수 있는 영역이 아닐 수도 있다. 그렇다면 고양이가 떨어뜨려 깨질 만한 물건을 그 위에 두지 않는 것이 인간의 도리가 아닐까.

매일 밤 우리는 자기 전에 모든 탁자 위의 깨질 만한 물건은 다 치워 두고, 밤새 로미가 배고프지 않도록 자동 급식기에 사료를 채워 두며, 욕실과 서재의 문을 닫아 두고 있다. 그럼에도 어떤 사고가 있었다면, 그건 물론 인간인 우리가 부주의했기 때문이다. 어느 날 의사를 묻지도 않고 한 생명체를 집에 데려와 운명을 결정해 버렸으므로, 우리는 그를 무조건적으로 행복하게 할 의무가 있다.

　　로미가 내 삶에서 변화시킨 부분은 수도 없이 많지만, 그동안 내가 인식해 온 세상이 인간 중심의 편협한 관점이었다는 깨달음이 가장 큰 변화였다. 나는 로미와 함께하기 전까지 무릎 아래의 세상에는 관심을 두지 않고 살았다. 저 아래, 땅과 가까운 곳, 나의 시선이 닿지 않는 곳에도 생각하고 감정을 느끼는 생명체들이 지나다니고 있다는 것을 하루에 한 번도 진지하게 생각해 본 적이 없었다. 지금은 자연스럽게 아래의 세상을 예민하게 살피게 된다. 부주의하게 걷다가 바닥에 누워 쉬고 있던 고양이의 꼬리를 밟게 될지도 모르고, 기분이 좋은 고양이가 종아리 사이를 지나다닐 수도 있기 때문이다. 로미가 없는 집 밖의 거리에서도 내 종아리 높이의 세상은 매우 분주했다. 개미와 달팽이, 비둘기, 강아지 들이 내 시야가 닿지 않았던 무릎 아래에서 바쁘게 살고 있었다. 로미가 그렇듯이, 그들도 각각 자신의 의지가 있을 것임을 자주 생각하고 있다.

　　사람들은 어떻게 생각할지 모르겠으나, 반려동물은 아이를 대신하기 위한 선택이 아니다. 아이를 가져 본 적이 없는 나는 '내 아이'가 얼마나 사랑스러운지 알지 못한다. 그저 '내 고양이'가 얼마나 사랑스러운지의 느낌을 가지고 조금 짐작을 해 볼 뿐이다. 하지만 고양이는 인간의 아이와 아주 다르다는 것 또한 잘 알고 있다. 고양이는 아무리 오랜 시간을 함께 살며 교육을 한다 해도, 언젠가 밖으로 뚜벅뚜벅 걸어나가 자신의 삶을 독자적으로 살아갈 수 없다. 오히려 인간과 함께한 시간이 길어질수록 고양이로서의 독립성을 잃어버리게 될 뿐이다. 로미는 언제까지나 나와는 다른 종의 동물로 살아갈 것이며, 그러므로 내가 아무리 사랑한다 해도, 우리 사이에는 영원히 깊고 넓은 강이 흐를 것이다.

반려동물을 입양한다는 것은, 나와는 완전히 다른 한 생명체의 모든 순간을 온전히 책임진다는 의미다. 특히 인간보다 평균 수명이 너무나 짧은 생명체와 함께하는 삶에는, 비정하게도 이별의 고통 또한 예고되어 있다. 그러므로 그 삶을 시작하기 위해서는 엄청난 각오와 결기가 필요한 것이다. 나도, 로미도, 서로의 삶에 너무 큰 흔적을 남겼고, 이제 서로를 알기 이전의 삶으로는 돌아갈 수 없다.

# 루저의 선택권

*Le droit de choisir
des perdants*

2018년 가을 '유럽 문화유산의 날'에 있었던 일이다. 9월의 셋째 주 주말이면, 평소에 일반인들에게 닫혀 있던 프랑스의 문화유산들이 개방된다. 그 행사에서 가장 인기 있는 장소는 프랑스 대통령이 사는 엘리제궁이다. 2018년의 행사에서도 어김없이 시민들은 줄지어 엘리제궁을 방문했고, 마크롱 대통령 내외가 밖으로 나와 방문객들을 맞이했다. 그리고 그날, 마크롱 대통령은 공중파 매체는 물론 프랑스 SNS에서 논란의 주인공이 된다. 문제의 장면은 그가 시민들에 둘러싸여 함께 셀카를 찍거나 악수를 나누던 중 한 청년과 대화를 나누며 연출됐다. 대화가 어떻게 시작됐는지는 영상으로 남지 않았고, 중간부터의 대화는 이렇다.

마크롱  폴 앙플루아(Pôle emploi, 국가고용공단)에는 등록하셨나요?

청년  (수줍게 웃으며) 네, 서류도 다 보내고 했죠. 그런데 일자리가 없어요. 하나도요. 이력서를 다 보내고 했는데도, 답이 없어요.

마크롱  원예가로 일하고 싶으신가요?

청년  저는 원예가니까요. 시청부터 모든 곳에 다 이력서를 보냈어요.

마크롱  정말 일을 하고 싶다면, 나가 보세요. 호텔, 카페, 식당, 건설현장 등 제가 가는 데마다 사람을 찾고 있다고 말하지 않는 곳이 없어요. 한 군데도! 진짜로요. 세상에는 많은 직업이 있어요. 솔직히 길을 한번 가로지르면 나라도 당신 직업을 찾을 수 있겠어요. 그들은 어려움을 딛고 일할 준비가 된 사람을 찾고 있어요.

청년  솔직히 그런 건 저는 상관없어요. 그런데.

마크롱  저한테 편지 쓴다고 시간 낭비 마세요. 저 길을 한번 건너 보세요, 아니, 예를 들어 몽파르나스대로의 카페랑 레스토랑 길을 걸어 보세요, 현재 영업장 둘 중 하나는 사람을 구하고 있을 거라고 확신해요. 그러니 가 보세요.

이 영상 속의 "길을 가로지르면 나라도 찾을 수 있겠어요"라는 대통령의 말은 오랫동안 떠들썩하게 회자됐다. SNS에서는 비틀스처럼 애비로드를 가로지르는 마크롱의 편집된 사진이 떠돌았고, 서부영화의 대사를 패러디한 "세상에는 두 종류의 사람들이 있지. 폴 앙플루아에 가는 사람과 길을 가로지르는 사람"과 같은 말들이 #길을가로지르는마크롱#MacronTraverseLaRue이라는 해시태그와 함께 수없이 리트윗됐다. TV와 라디오에서는 만평과 토론이 이어졌고, 한 언론사 기자는 '정말 길을 가로지르면 일자리를 찾을 수 있을까?'라는 주제로, 길을 가로질러 호텔, 건설현장, 식당에 들어가 일자리가 있냐고 묻는 리포트를 만들기도 했다.

이 영상을 보면서, 나는 우선 이런 짐작을 했다. 그 청년은 아마도 그날의 만남을 오래전부터 준비해 엘리제궁에 왔을 것이다. 원예가로 커리어를 쌓고 싶은 그는 어쩌면 엘리제궁의 정원사가 되고 싶었을지도 모른다. 그래서 1년에 단 한 번뿐인 9월의 주말, 엘리제궁의 문이 열리는 그날 궁에 들어와 아름답기로 유명한 궁전의 정원도 구경하고 대통령을 만나면 정원사로서 본인을 어필할 계획을 세웠을지 모른다. 누가 아는가. 운이 좋아 대통령의 선심으로 엘리제궁 정원사의 보조라도 될 수 있을지! 그러다가 꿈에 그리던 대로 대통령을 대면하게 된 것이다. 그래서 그는 수줍게 말했을 것이다. 원예가 일을 하고 싶은데 어디에도 자리가 없다고. 하지만 대통령은 생각지도 못했던 답을 준다. 카페, 식당, 건설현장 어디에나 일자리는 많이 있다고. 왜 찾아보지 않냐고. 내게 묻지 말고, 직접 가서 찾아보고 일을 하라고. 그는 순식간에 일을 찾아보지 않고 불평만 하는 '게으른 실업자'가 됐고, 단 하루 만에 전 국민이 이 과정을 목격한 것이다.

상상이지만, 너무 끔찍하다. 내가 그 청년이라면, 억울함에 병이 났을지도 모르겠다.


이 일과 함께 떠오르는 사례가 또 있다. 2016년, 대통령이 되기 전, 마크롱이 이전 정부의 경제부 장관이던 시절의 일이다. 당시 그는 이후 '마크롱 법Loi Macron'이라 불릴, 노동시장 자율화를 골자로 하는 경제개혁법을 내놓았고, 이에 전국적인 반대 시위가 있었다. 그가 공식 일정으로 프랑스 남부로 이동했을 때, 개혁법에 반대해 시위하고 있던 노조연맹과 마주쳐 대화가 오갔는데, 이때 찍힌 영상이 있다. 아마도 짧지 않은 논쟁이 있었던 것으로 보이고, 모두 흥분해 언성이 높아진 상황이었다. 마크롱과 대화 중이던 중년의 시위자 옆에 젊은 시위자가 있었는데, 그가 마크롱에게 이렇게 말한다. "나는 당신처럼 그런 양복을 사 입을 돈도 없다고요."

그러자 마크롱은 흥분을 감추지 않고 답했다.

"양복을 사 입을 수 있는 가장 좋은 방법은, 일하는 겁니다."

그의 말투에는 짜증이 가득 했는데, 너무 흥분한 나머지 하지 말아야 할 말을 한 게 아닌가 싶었다. SNS에는 #마크롱에게 티셔츠를#UnTshirtPourMacron, #나는모욕당했다#JeSuisMépris 같은 해시태그가 돌았고, 사람들은 매달 최저임금을 받으며 일하는 노동자는 평생을 일해도 정치인들과 같은 양복을 사 입을 수 없다거나, 양복을 사 입을 돈이 없으면 일하지 않는다는 의미인 거냐는 내용으로 분노를 표현했다.

그의 친기업 정책, 자유주의 경제관과는 별개로, 나는 마크롱이라는 개인에 관해 자주 생각한다. 살다 보면 그런 사람을 만날 때가 있다. 너무 그늘이 없어서, 혹은 원하는 바를 척척 이루며 살아온 것 같아서, '이 사람에게도 과연 좌절이 있을까?' 싶어지는 사람. 마크롱 대통령은 흔치 않은 러브스토리로 전 세계적으로 특별히 유명하지만, 내가 그를 볼 때마다 먼저 떠올리는 이미지는 '아주 젊은 나이에 꿈을 이룬 사람', '원하는 것은 무엇이든 성취해 왔던 사람'이다. 그의 인생에는 실패 사례가 없다. 아니 어쩌면, 너무 빨리 원하는 것을 성취한 나머지 실패할 시간이 없었을지도 모르겠다. 그의 부모는 모두 의사였고, 형제와 자매도 모두 의사가 됐다. 이 정도면 그의 말대로 "금수저héritier라고

할 수는 없을지"§ 모르지만 소박한 집안 환경은 아니다.

게다가 그는 프랑스의 전형적인 엘리트 관료 코스인 프랑스 국립행정학교를 나와 재무부에서 일을 하다가 2017년 로스차일드에 들어갔다. 국립행정학교를 졸업하면 10년간 국가기관에서 일을 해야 한다는 계약을 어긴 것인데, 프랑스 공영방송인 프랑스엥포France Info의 보도에 따르면, 이는 프랑스 기업가인 알랭 망크Alain Minc의 조언에 따른 것이라고 한다. 알랭 망크는 마크롱에게 이렇게 조언했다고 기록됐다. "요즘 시대에 정치를 하려면, 부자이거나 고행자이거나 둘 중 하나여야 합니다. 그러니 은행가가 되어 종잣돈을 만드세요. 그러면 이 기간 동안에는 정치인들에게 자유롭게 영향력을 펼칠 수 있을 거예요. 무엇보다도 이 몇 년 동안에 엄청난 돈을 벌게 될 것이고, 그렇게 (경제적) 자유를 얻을 수 있을 겁니다."‡ 그 조언대로 마크롱은 로스차일드에서 평생 쓸 수 있을 만한 종잣돈인 240만 유로(약 32억 원)를 벌었다고 기록됐다. 2011년부터 2012년까지, 단 18개월간의 일이다. 그리고 2017년 대통령에 당선된다. 이 정도면 평생 본인이 원한 바를 대부분 이루고 살았다고 평가해도 되지 않을

§  프랑스 일간지 〈에밀Émile〉 2017년 3월 31일 기사 '마크롱, 나는 금수저가 아니다 Emmanuel Macron: Je ne suis pas un héritier'.

‡  프랑스엥포 2017년 5월 11일 기사 '마크롱이 투자가였을 때Quand Emmanuel Macron était banquier d'affaires'.

까? 심지어 결혼마저도 너무나 '본인이 원한 바대로' 진행한 나머지, 세계적인 유명세를 얻었으니 말이다.

그가 서른아홉의 나이에 직접 선거의 정치 경력 없이 순식간에 대선 후보가 되고, 그리고 몇 달 후 대통령까지 되는 것을 보며 생각했었다. 평생 원하는 것을 다 이루며 산 사람의 정치는 과연 어떨까?

시간이 흘러 그의 관점을 조금 이해하게 된 지금은 이런 의문이 든다. 저 사람이 과연 루저들의 고통을 알까? 이길 수 있다는 확신보다, 패배할 경우를 대비하며 사는 나와 같은 사람의 마음을 얼마나 이해하고 있을까? 세상에는 평생 실패만을 거듭해 때로는 더 이상 일어날 힘을 내지 못하는 사람들도 많이 있다는 것을, 세상의 어떤 이들은 평생을 일해도 번듯한 양복 한 벌 사 입기 힘들다는 것을, 무엇보다 양복을 사 입을 돈이 없는 사람들도 하고 싶은 일을 하며 인생을, 청춘을 보내고 싶다는 것을, 세상의 모든 루저들도 대통령 자신과 같이 존엄한 인생을 살고 있다는 것을, 그는 과연 생각하고 있을까.


원예가가 되고 싶은 청년에게 밖으로 나가 길 위에서 아무 직업이나 찾아보라 했던 마크롱의 영상에 대해 프랑스의 유명 코미디언이자 라디오 진행자인 안 루마노프Anne Roumanoff는 방송에서 이렇게 말했다.

"엠마누엘 마크롱에 따르면, 원예가 과정을 이수한 자는 식당에서의 일자리를 받아들여야 한다고 합니다. 당연히 엘리제궁에서는 요리사가 잔디를 깎고 있겠지요? 대학원을 졸업하고 일을 찾지 못하는 친구에게는 이렇게 말해야겠네요. 도서관 사서로 일할 수 있는 자리가 없으면, 길을 가로질러 건설현장으로 가 보라고. 건축가로서 일자리가 없다는 사람에게는, 길을 가로질러 간병인이 되면 된다고 하면 되겠죠. (중략) 대통령에게 설명해 주어야 할 것 같아요. 프랑스 전국의 6,557,600명의 실업자들은 절대, 절대로 일부러 실업자가 된 것이 아니라는 것을. 거리에 나앉게 되지 않기 위해서라도, 그들은 이미 수많은 길을 가로지를 준비가 되어 있다는 것을요."§

우리는 '꿈을 가지라'는 말을 지겹도록 들으며 자랐지만, 의무교육을 마치고 난 이후 어느 순간부터 꿈을 이야기하면 현실성이 떨어지는 사람 취급을 받게 됐다. 꿈을 이루는 데에는 그만한 시간이 필요하다. 그 준비의 시간이 모두에게 넉넉하게 주어

§  유럽1 2018년 9월 18일 방송 '실직한 친구여, 길을 건너려Ami chômeur, traverse la rue'.

지지 않는 현실이 어제 오늘의 일은 아니지만, 언제부터인가 세상은 그 준비 과정이 길어지는 사람들에게 당당히 비수를 꽂기 시작했다. 당신이 꿈을 찾아 꾸물거리는 시간에 실업률, 경제성장률로 수치화되는 국가의 성적표가 엉망이 되고 있다고. 한번 실패한 자에게, 혹은 실패를 허락받지 못한 자에게 선택권 같은 것은 없다고.

정치인의 망언으로 정리될 이런 사건들이 지나갈 때마다 생각하게 된다. 우리는 꿈을 이룬 사람들의 더 큰 꿈을 이루어 주기 위해서 노동하고 있는 건가, 살아남는 일이 목표가 되는 삶의 끝에는 무엇이 남는가, 하고.

# 고독한 쉼표의 힘

*La puissance du
repos solitaire*

하루하루 출근과 퇴근을 반복하던 삶이 어느 날 갑자기 멈춘다면 어떨까? 기본 급여가 함께 주어지고, 나만의 특수한 상황이 아니라 모두에게 동일하게 주어진 상황이어서 휴식이 끝난 뒤를 걱정하지 않아도 된다면, 우리는 그 시기를 어떻게 보내게 될까? 잠시 멈추고 충분히 자신을 돌아본 다음에도, 우리는 이전과 같은 방식으로 살 수 있을까? 또한, 사람들을 만나지 않은 채로 혼자서 업무를 지속하게 된다면, 그 일은 이전과 같은 의미를 지니게 될까?

프랑스는 2020년부터 2021년 상반기까지 총 세 번의 이동금지 조치를 실시했다. 식료품점 등 필수 상점을 제외하고는 모든 상점이 문을 닫았고, 기업들은 의무적으로 재택근무를 실시했다. 프랑스 정부는 전년 대비 매출이 50퍼센트 이상 감소한 사업장에 전년 매출을 유지할 수 있는 규모의 보조금을 지원했고, 소속 직원들이 평소 급여의 70퍼센트 수준을 지급받을 수 있도록 했다. 대부분의 사람들이 당장의 생활고 걱정 없이 집에만 머물수 있게 된 것이다.§ 전염병의 비극적인 여파는 뒤로하고, 사람들의 일상만 보자면 이렇게 말할 수 있다. 사람들이 어느 날 갑자기 시간을 갖게 됐다고.

당시에는 그 시간이 우리의 삶에 어떤 영향을 미치게 되리라고는 생각하지 못했다. 그저 발이 묶여 이도저도 못하는 현재를 잘 견뎌야 한다는 생각뿐이었다. 지금 와서 보니, 그 세 번의 멈춤은 많은 사람들의 삶에 큰 흔적을 남겼다. 2020년과 2021년 사이, 내가 아는 사람들 중 많은 수가 자발적으로 직장을 그만두었고, 그보다는 적은 수지만 어떤 이들은 기존에 하던 일에 전에 없던 확신을 갖게 됐다.

비르지니가 그랬다. 파리에서 나고 자란 서른일곱 살의 비르지니는 프랑스 인테리어 회사에서 해외영업을 맡고 있던 친구다. 영국에서 공부한 이력으로 영미권을 담당했고, 출장도 잦았

---

§ 국가의 모든 경제활동을 멈춰 세우는 극단적인 조치였기에, 프랑스 정부는 기업들이 무너지지 않도록 대규모 재정지원을 감행했고, 유럽연합 차원에서 연대기금이 지급되기도 했다. 이 모든 국가 부채를 앞으로 어떻게 갚아 나갈 것인가가 2022년 봄 대통령 선거를 앞두고 있는 프랑스의 중요한 정치 이슈다.

다. 2020년 첫 이동금지 조치가 풀리고 여름이 지나갈 무렵 친구들과 비르지니의 집을 찾았을 때, 그녀는 5개월이 넘도록 재택근무 중이라고 했다. 엘리베이터 없는 6층 꼭대기에 위치한 그녀의 스튜디오는 여느 때처럼 낭만이 있었지만, 늘 역동적이던 동네 파리 17구는 생기를 잃었고, 그녀도 그랬다. 업무는 재택으로 완벽히 대체되어 이전과 다름이 없다고 하면서도, 일 이야기에 예전과 같은 열정은 보이지 않았다. 그 밤, 파리의 지붕들이 내려다보이고 기품 있는 고가구들이 놓인 우아한 스튜디오에서, 나는 6개월째 반복되고 있을 그녀의 일상을 그려 보았다. 서쪽으로 난 창을 통해 저녁 늦게 방 안으로 깊게 퍼지는 노을을 보며 그녀는 어떤 마음으로 하루하루를 정리했을까. 다음 날 또다시 반복될 '오늘과 같은' 하루가 어느 순간 지긋지긋하지는 않았을까. 나는 일몰이 갖는 쓸쓸함의 위력을 알고 있다.

그 밤 우리 모두는 지난 몇 달의 고립과 외로움을 꺼내 놓고 서로를 위로하며 곧 다시 볼 수 있기를, 곧 자유롭게 자주 만날 수 있기를 바라며 술잔을 마주했다. 그리고 몇 주 후, 2차 이동금지 명령이 발표됐다.

비르지니를 다시 만난 것은 3차 이동금지령이 풀리고, 친구들 대부분이 2차 백신 접종까지 마친 2021년 여름이었다. 그녀를 보자마자 파리의 옥탑방 스튜디오에서 재택근무를 하는 모습이 함께 떠올랐다. 안부를 주고받고는 여전히 재택 중이냐고 물었다. 그녀는 깜짝 놀라며 말했다. "얘기 못 들었니? 나 회사 그만두고 나왔는데. 나온 지 몇 달 됐어. 아드리앙이랑 같이 가게를 하나 열려고 요즘 계속 준비 중이야." 아드리앙은 와인 사업을 하는 그의 남자친구다. 안 그래도 작년 여름 만났을 때, 뭔가 곧 변화가 있을 것 같은 예감이 들었다는 말은 굳이 하지 않았다. 그녀가 먼저 이렇게 말했다.

"그때, 우리 만났을 때 말이야, 정말 힘들었거든. 좁은 벽 사이에 혼자 갇혀 있는 기분이었어. 나중에는 숨도 쉬기가 힘들더라고. 오랫동안 직장생활에 고민이 많았는데, 더 이상 이렇게 지속할 수는 없겠다는 확신이 들었어."

그래서 남자친구와 오래전부터 이야기해 오던 사업을 구체화했다고 했다. 실업급여도 포기하고 사직서를 내고 회사를 나왔고, 와인도 팔고 유기농 식품도 파는 식료품 가게를 낼 계획이라고 했다. 시장조사를 통해 주택가가 많은 파리 14구에 자리 잡기로 결정했고, 최근에는 그리로 집도 옮겼다 했다. 불과 1년 만에 그렇게 많은 일들을 추진하고 있었냐며 놀라는 내게, 그녀가 말했다. 집에 갇혀 혼자 일하던 8개월은, 삶을 돌아보고 미래를 계획하기에 충분한 시간이었다고. 이제는 하고 싶은 일들을 미루며 살지 않을 생각이라고.

더 이상 이대로는 지속할 수 없다는 확신이 들 때, 비르지니처럼 생각해 두었던 '다른 길'이 있었다면 다행한 일이다. 문제는 그 대안이 준비되지 않은 상황에서, 그럼에도 현재를 지속할 수는 없을 경우다.

파비앙은 나와 같은 사무실에서 일하던, 막 서른이 된 프랑스인 동료다. 부서가 달라 함께하는 일은 없었지만, 자리에서 일어날 때마다 시선이 부딪히기도 했고, 나중에는 굳이 고개를 빼고 바라보지 않아도 들려오는 한숨 소리의 빈도로 그가 어떤 상태인지 알 수 있었다.

밝고 긍정적이던 그의 표정이 어두워지기 시작한 것은 두 달여 간의 재택근무를 끝내고 난 뒤였다. 그의 목소리에 힘이 빠졌고 하루에도 수십 번씩 한숨 소리가 들렸지만, 바쁜 시기였고, 같은 팀도 아닌데 참견할 수도 없어서 굳이 알은체는 하지 않고 지냈다.

그러던 어느 저녁, 어쩌다 사무실에 둘만 남게 됐다. 나는 그동안 차마 묻지 못했던 안부를 물었다. 그는 애써 밝게 표정을 바꾸며, 아주 잘 지내고 있다고, 재택근무 기간 동안 너무 힘들어서 회사에 빨리 나오고 싶었다고 답했다. 회사에 나오면 좀 나아질 거라고 믿고 있었다고. 그럴 리 없을 거라고, 어떤 문제도 회사에 나온다고 풀릴 수는 없을 거라고 생각하면서 나는 "그래서, 회사에 나오니까 좀 나아요?" 하고 물었다. 그는 말없이 그냥 웃기만 했다. 그리고 조금 망설이다가 말했다.

"내 나이도 벌써 서른이에요. 나도 내 자리를 찾고 싶은데, 아직도 내가 뭘 원하는지, 뭘 잘할 수 있을지 모르겠어요."

나의 서른 살이 떠올랐다. 그리고 그때 인생의 선배들이 내게 했던 말들을 똑같이 하고 싶어졌다. "서른은 젊은 나이임을 잊지 마세요"라고. 하지만 불안했던 나의 서른에, 그 말들은 얼마나 공허하게 울렸던가. 프랑스의 1990년대생도 크게 다르지 않구나, 하는 생각과 결국 삶의 해답은 본인 스스로가 찾아 나가는 것이라는 판단이 들어, 나는 하나 마나 한 "힘내"라는 말로 서둘러 대화를 마무리했다.

그리고 한 달 후, 그는 돌연 사직서를 냈다. 실업급여도 받을 수 없는 자발적인 퇴사였다. 눈치는 채고 있었지만 마음이 무거웠다. 점심을 사겠다고 나섰고, 함께 밥을 먹으며 그가 말했다. 이동금지령이 없었다면, 회사를 계속 다니고 있었을 거라고. 외부와 교류가 단절됐던 재택근무 기간 동안 일에 대해, 미래에 대해 생각을 많이 했다고. 이대로 지속할 수는 없다는, 한 가지 확신만이 생겼다고 했다. 그는 며칠 후 파리에서의 생활을 모두 정리하고 햇살 좋은 프랑스 남부의 부모님 댁으로 갔다.

　가끔씩, 사회생활과 인간관계에 환멸이 몰려오면 나는 이렇게 생각해 본다. 지금 나를 괴롭게 하는 이 사건과 이 감정들이 10년 후엔 어떻게 기억될까. 그렇게 생각하면 금세 마음이 조금 나아진다. 그중 99퍼센트의 일들은 먼지처럼 미세해 10년 후엔 기억도 나지 않을 것 같아서다. 마음이 진정되면, 사건도 냉정하게 차근차근 정리가 된다.

　때로는, 죽음을 떠올리기도 한다. 우리는 모두 태어나자마자 죽음을 향해 달려가는 운명이라는 생각을 하면 내 앞에 놓인 일들의 우선순위와 중요도가 명확해진다. 하고 싶지 않던 어떤 일은 나서서 하게 되고, 어떤 일들은 굳이 하지 않게 된다. 머릿속으로 나를 극단에 몰아놓고 나서야, 스스로를 이해하게 된다.

　팬데믹과 이동금지에서 비롯된 '일단 멈춤'도 결과적으로는 그런 극단적인 장치가 된 것이 아닐까. 바쁘게 앞만 보고 달리던 사람들에게 일단 멈춤은 그토록 원하던 시간을 주었지만, 절대적인 고독이 동반됐다. 그 여파로 비르지니와 같이, 내가 아는 이들 중 대부분은 그동안 지속해 왔던 일을 멈추고 다른 삶을 시작하거나 준비하고 있다. 명품 의류 브랜드에서 일을 하는 한 친구는 이동금지 기간 동안의 본의 아닌 휴직으로 그 직업의 지속가능성을 진지하게 가늠하게 됐고, 좀 더 의미 있는 직업을 고민하기 시작했다고 말했다. 또 이벤트 회사에서 홍보 일을 오랫동안 해 오던 친구는 재택근무를 하긴 했지만 일이 너무 없어서, 본인의 쓸모를, 할 줄 아는 다른 일이 없는 스스로를 회의하게 됐다고 말했다.

프랑스엥포의 2020년 12월 8일 보도§에 따르면, 한 설문조사에서 프랑스인 응답자의 49퍼센트가 이동금지령 기간이 퇴사 및 직종 전환을 결심하는 데 긍정적인 영향을 미쳤다고 밝혔고, 그중 92퍼센트는 직업을 바꾸어야겠다는 생각을 하게 됐다고 답했다.

우리는 오래전부터 알고 있었을 것이다. 뭔가 잘못되어 가고 있다는 것을. 더 늦기 전에 진짜 원하는 일을 시작해야 한다는 생각은 있었지만, 정신없는 삶의 속도 때문에 실행에 옮기지 못하고 있었던 일들이 어느 날 덩그러니 삶의 중심에 남겨졌다. 일단 멈춤으로 세상이 고요해짐에 따라 문제를 직면하게 된 것이다. 충분한 사색과 반성이 지나간 이후의 삶은, 이전과는 도저히 같을 수가 없는 것이다.

§   프랑스엥포 2020년 12월 8일 기사 '이동금지 조치는 프랑스인들에게 이직의 욕구를 주었다Le confinement a donné des envies de reconversion aux Français'.

# 파리, 텍사스, 포르투
# 그리고 겹겹의 인생들
### *Paris, Texas, Porto*
### *et les vies en millefeuilles*

퇴사 후 직장생활을 다시 시작하기 전, 포르투갈의 포르투에 혼자 다녀왔다. 일주일을 꽉 채운 여행이었는데, 작은 아파트를 렌트해 묵으면서 아침에 일찍 일어나 잠깐 산책을 하고 종일 글을 썼다. 관광보다 원고 작업이 목적이었지만, 며칠을 지내니 그래도 세계적으로 이름난 관광지인데 방에서 글만 쓰다가 갈 수는 없다는 생각이 들었다. 여행 책도 한 권 없이 떠난 터라 무엇을 해야 할지 몰라서 인터넷을 뒤지다가 푸드투어 프로그램을 발견했다.

스페인, 포르투갈, 그리스와 같은 남부 유럽을 혼자 여행할 때 가장 불편한 점은 식사다. 남유럽의 식탁은 보통 여러 명이 나눠 먹을 만한 음식들로 구성되어 있고, 와인을 곁들여야 흥이

나는 요리들이 많기 때문이다. 그래서 푸드투어 프로그램이 더욱 반가웠다. 푸드투어는 엄마와 함께 갔던 방콕 여행에서 한 번 경험이 있었다. 현지인이 아니면 알 수 없는 길거리 음식을 경험하고 음식 문화에 관한 설명을 들을 수 있는 자리였다. 다양한 외국인 여행자들을 만날 수 있다는 점에서도 흥미로운 시간이었다. 다만 모든 설명이 영어로 진행되고, 함께 식사하는 구성원 대부분이 영미권 사람들인 것은 부담스러웠다. 이놈의 영어는 도대체 언제쯤 편해질까?

종일 숙소에서 원고를 쓰다가 부랴부랴 뛰어나간 약속 장소에는 곱슬머리의 젊고 아름다운 포르투갈 청년이 기다리고 있었다. 그는 나를 보자마자 영어로 "푸드투어?"라고 물었고, 내가 "예스"라고 대답하자, 환한 웃음으로 나의 경계심을 무너뜨리며 자신을 "세르지오"라고 소개했다. 그리고 엄청난 속도로 "너는 어디에서 왔니, 아, 파리에 산다고? 내 여동생도 파리에 사는데. 음악을 공부하러 갔는데 거의 바이올린 천재거든. 걔는 정말 천재야. 덕분에 나도 파리에 종종 가지. 내 동생은 여름에 포르투에 왔다가 바로 어제 돌아갔어. 참고로, 나도 음악을 해. 나의 본업은 뮤지션이야"까지 말하고는, 나머지 세 사람이 아직 안 왔으니 연락을 해 보겠다며 전화기를 들어 올렸다.

　그의 말을 듣다가 '세 사람이라고? 정원은 일곱 명인데! 그럼, 총 네 명?'이라는 생각에 미치자 불안해졌다. 아, 세 명의 미국인 사이에 끼여서 긴긴 저녁시간을 보낼 수는 없었다. 간절히 최소한 한 명은 영미권 출신이 아니길 바라고 있는데, 저쪽에서 한 중년의 커플이 "하이~!" 하며 다가왔다. 딱 봐도 미국인이었다.

　아직 연락이 없는 다른 한 명에게 전화를 걸며 세르지오는 어디론가 사라졌고, 어색한 침묵을 잘 견디지 못하는 내가 물었다. (이미 알 것 같지만) 어디서 오셨냐고. 남자가 말했다. "휴스턴, 텍사스."

　내 생에 처음 만나는 텍사스 사람이었다. 머릿속에서 광활한 사막이 선인장과 함께 떠올랐다 사라졌다. 나는 서둘러 덧붙인다. "아, 가 본 적은 없지만, 이름은 알아요." 이번엔 여자가 말한다. "세계 어디에도 텍사스를 모르는 사람은 없죠." "아, 그렇죠, 하하." 멋쩍게 웃으며 왠지 위축되는 기분이 든 나는 마음으로 간절히 세르지오를 부른다.

　괜한 의무감에 언제 포르투에 도착했는지 서로의 일정을 묻고 있는데 세르지오가 돌아왔다. 네 번째 멤버는 식당으로 바로 합류한다고 했다. 세르지오는 미국인 부부에게 또 한 번 바람의 속도로 자기소개를 했다. 여동생이 파리에 사는 바이올린 천재인 것과 본인도 뮤지션이라는 것까지. 내가 파리에서 왔기 때문에 반가워서 하는 줄 알았던 이야기는 늘 하는 자기소개의 일부였던 모양이다.

미국인 남편이 나에게 물었다. "어떻게 파리에 살게 됐어요?" 내가 더듬거리는 영어로 "음, 파리에서 공부하다가 프랑스 남자랑 결혼하면서 그렇게 됐어요"라고 대강 대답하자 침묵이 감돌고 모두가 불편한 표정을 짓는다. 나는 그토록 두렵던 동문서답을 한 것인가. 쏘리, 휴스턴 텍사스인은 처음이라!

세르지오가 어색한 기운을 서둘러 깨며 묻는다. "왜 남편이랑 같이 안 왔어?" 유럽인인 세르지오의 악센트가 적어도 내게는 텍사스 영어보다는 알아듣기 쉽다. 나는 자신 있게 대답한다. "남편은 일하느라고."

다시 이상한 침묵. 내가 뭘 또 잘못 말했나 싶은데, 미국인 남편이 천천히 또박또박 말한다.

"남편은 일하는데 당신은 여기에 와서 푸드투어를 다니는 거예요?"


우리는 서둘러 투어를 시작한다. 세르지오는 시작 전에 꼭 할 말이 있다며 목소리를 높인다. "이 투어의 가장 큰 목적을 꼭 이야기하고 시작하고 싶어요. 우리 투어의 목적은 우리 모두가 친구가 되는 거예요. 함께 네 시간 동안 여러 가지 음식을 먹으러

다닐 텐데, 모두가 마음을 열고 친구가 되면 좋겠어요."

　매일 보는 직장 사람들과도 친구가 될 수 없는데, 처음 보는 텍사스 사람들과 친구가 되라니 이건 너무 심한 바람이 아닌가? 급격하게 부담감이 몰려와 착잡해진다. 그래도 희망은 있다. 네 번째 사람이 아직 오지 않았으니까. 나는 그가 제발 비영어권에서 혼자 여행 온 여성이길 바라 본다.


　첫 번째로 들어간 식당은 포르투갈식 만둣집이었다. 페이스트리 속에 양념한 송아지 고기나 닭고기 소를 넣고 튀긴 일종의 고로케 같은 음식을 맛봤다. 파리에서 몇 해 전부터 유행하는 아르헨티나식 만두와 비슷해서 그리 새롭지는 않았다. 세르지오는 음식의 전통을 설명하다가 덧붙인다. 특별히 이 식당을 선정한 이유는 이 식당 주인들의 경력이 특이해서라고. 변호사, 호텔리어였던 남매가 음식을 향한 열정으로 얼마 전 함께 문을 연 식당이라고 했다. 포르투에서도 전문직을 그만두고 식당 차리기가 유행인가, 생각하다가 미국인 남편 앞에 놓인 접시에 작은 깃발이 꽂혀 있는 게 보인다. 물어보니 채식주의자라 그렇다고 했다. 호기심이 일어 어떻게 채식주의자가 되었는지 질문하려는데, 그의 뒤쪽에서 인도인으로 보이는 건장한 체격의 남자가 헉헉거리며 다가왔다. 깜짝 놀랄 겨를도 없이 그는 내 옆자리에 와 앉았는데, 두 콧구멍이 커다란 솜으로 막혀 있었다. 흐르는 땀을 닦아 내며 그는 연신 미안하다며 늦은 이유를 설명한다. 코피가 갑자기 흘렀다는 것까지는 알겠는데, 유창하고 빠른 영어에, 무엇보다 코가 막힌 소리인 탓에 무슨 말인지 알아듣기가 힘들다. 물론 못 알아듣는 사람은 나뿐이다. 다들 열심히 고개를 끄덕이며 그에게 괜찮다는 신호를 보낸다. 나는 그래도 혹시 몰라, 어디에서 왔냐고 묻는다.

"인도에서 태어났지만, 휴스턴 텍사스에서 살아요."

아 이럴 수가! 포르투까지 오는 공짜 항공권이 휴스턴 텍사스에 배포된 건가. 나의 낭패감은 아랑곳없이 텍사스 부부의 얼굴에 화색이 돈다. 그리고 프랑스인이라면 첫 만남에서 묻지 않을 질문들이 단도직입적으로 나온다.

"어디에서 일하세요?"

미국인 남편은 IT기업들의 세금 문제를 담당하는 변호사였고, 인도 출신의 남자는 내가 알아들을 수 없는 어느 IT기업에서 일하는 엔지니어였다. 같은 산업군의 사람들이라니, 나를 뺀 모두가 벌써 친구를 넘어 가족이 된 것 같은 분위기다. 내겐 이제 희망이 없다.


우리는 함께 걸어 다니며 음식을 맛본다. 그러는 사이사이 이런저런 스몰토크들이 오가는데, 주로 세르지오의 몫이다. 모두가 친구가 되면 좋겠다는 세르지오의 바람을 가장 먼저 이룰 것 같았던 세 명의 동향 사람들은 의외로 서로 별말이 없다. 세르지오의 스몰토크는 늘 한곳으로 향한다. 그의 밴드와 음악이다. 포르투와 포르투갈 사람들 이야기에서 곧 있을 자기 밴드 공연과 좋아하는 음악 이야기로 맥락이 흐르는데, 그 흐름이 너무나 자연스럽고 또 열정적이다.

문득 세르지오가 친근하게 느껴진다. 그도 하고 싶은 일과 해야만 하는 일 사이를 오가며 살고 있는 사람이었다. 나도 첫 소개에서 글을 쓰러 왔다고 이야기했지, 정작 다니고 있는 직장 이야기는 하지 않았다는 데 생각이 미친다. 직업이란 무엇일까? 세르지오가 당장 내일 세상을 뜨게 된다면, 그는 뮤지션으로 기억될까, 푸드투어 가이드였다고 기록될까?


자연스럽게 나와 동행이 된 인도 남자는 특히 더 말이 없다. 솜으로 코를 계속 막아 놓아서인지, 우리의 걸음 속도가 빨라서인지, 거친 숨소리만 들린다. 아니면 혹시 내가 못 알아들을까 봐 말을 아끼고 있는 걸까 싶어 질문을 던져 본다. 혼자 여행하시냐고. 그는 고개를 끄덕이더니 숨을 헐떡이며 말한다.

"휴가 때 집에 있으면 너무 피곤해요. 애가 셋이 있는데 애들이랑 놀아 주는 게 진짜 보통 일이 아니거든요. 또 와이프도 이거 해라 저거 해라, 시키는 게 많고요. 그냥 이렇게 혼자 여행하는 게 좋아요."

텍사스 부부의 남편이 이 말을 들으면 나에게 그랬듯이 질문했을까? "부인은 집에서 육아를 하고 있는데, 당신은 여기까지 와서 휴가를 즐긴다고요?"

디저트까지 열 개도 넘는 종류의 음식을 맛보고, 거친 바위들이 툭툭 튀어나온 언덕 길을 수없이 오르내리며, 저 멀리 바다가 보이는 풍경을 배경으로 단체사진까지 찍었다. 와인으로 유명한 도시인 만큼 마지막으로는 와인바에 갔다. 주인의 설명을 들으며 몇 가지 종류의 지역 와인을 소개받고, 자유롭게 시음할 시간이 주어졌다.

자유시간이래도 와인병을 가운데 둔 푸드투어 멤버들 사이에는 여전히 어색한 기운이 감돈다. 세르지오는 아나나 다를까 또다시 음악 이야기로 회귀하며, 연주할 수 있는 악기가 있냐고 묻는다. 내가 별 생각 없이 "피아노!"라고 답하자, 다들 와인바의 한구석에 놓인 피아노를 바라본다. 당황해서 손을 내저으며 아주 오래전 일이라고, 안 친 지 오래됐다고 말하자, 또 질문이 쏟아진다. 왜 그만두게 됐냐고. 20년도 더 된 기억을 더듬자니 복잡했던 상황들이 떠오르지만, 한국어로 말할 때처럼 그 사연을 다 이야기할 재주는 없다. "피아노 연주를 참 좋아했는데, 어느 날 학교 끝나고 집에 와 보니 아빠가 팔아 버렸다고 했어. 집에 돈이 없었거든."

나의 거친 언어로 아버지는 순식간에 딸의 꿈을 앗아 간 무능한 가장이 되고, 깜짝 놀란 모두는 측은한 눈으로 나를 본다. 차라리 "두 유 노우 아이엠에프?"라고 할 걸 그랬나? 세르지오는 재빨리 톤을 높여 말한다. "지금이라도 다시 치면 되잖아." 아, 한 번도 생각해 보지 않았던 일인데, 파리의 아파트에 피아노를 들인다고? 잠시 상상하다가 나도 모르게 솔직한 말이 튀어나왔다. "지금 살고 있는 집은 너무 좁아서 피아노를 놓을 자리가 없어." 갑자기 어색한 침묵이 감돌며 텍사스 사람들의 시선이 더욱 측은해진다.

그래도 프랑스의 보헤미안 같은 나의 궁색한 이야기는 포르투의 레드와인과 함께 모두의 마음을 열게 했던 것 같다. 나는 곧 텍사스 3인방이 나의 영어에 체념한 것이 아니라, 내성적인 성격의 사람들이라 말이 별로 없었던 것임을 깨닫는다. 세르지오는 '기승전 음악'을 고수하며 "각자 제일 좋아하는 뮤지션 말해 보죠" 제안하고, 텍사스 부부는 들어 본 적도 없는 뮤지션들의 공연을 이야기하기 시작한다. 문외한인 내가 들어도 이 부부의 음악 식견과 열정은 평범하지 않다. 세르지오 또한 깜짝 놀라며 어떻게 그들을 다 아냐고 묻는다. 텍사스 남편이 말했다. "실은, 나도 예전에 음악을 했거든요. 디제이였어요. 뮤지션의 꿈이 있었죠."

와인잔을 기울이며, 푸드투어 멤버들은 살아온 이야기를 하나둘 꺼낸다. 푸드투어 가이드지만 밴드를 하는 뮤지션이라고 강조하던 세르지오의 두 가지 삶이 무색해지도록, 우리는 각자 인생의 세 개, 네 개의 겹을 꺼내 놓았다. 인도 남자는 이제 괜찮을 것 같다며 양 콧구멍의 솜을 빼내더니 큰 숨을 몰아쉬고는 와인 향을 맡으며 명랑하게 웃었다. 그리고 인도에서 영국으로, 미국으로 옮겨 다닌 과거를, 인도 사회에 대한 안타까움과 미국에서 느끼는 유럽을 향한 그리움을, 육아에 지친 일상을 허심탄회하게 이야기했다.

나도 더는 나의 동문서답에 개의치 않게 됐다. 어차피 꼭 해야 하는 질문도 없었고, 꼭 들어야 하는 대답도 없었으니. 들려주는 이야기를 듣고, 내가 하고 싶은 어떤 이야기를 해도 좋은 그런 시간, 즐거운 밤이었다.

마지막 방문지였던 와인바에서 우리 모두는 평소에는 풀어낼 일 없었던 인생의 면면을 마음 편히 드러내며 "마침내 친구가 됐다"고 쓰고 싶지만, 그러지는 못했다. 함께 밥을 먹으면 친해지진다지만, 회사 사람들과 셀 수도 없이 많은 식사를 하고도 불가능했던 일이, 포르투에서 만난 휴스턴 사람들이라고 해서 가능할 리 없지 않은가.

우리는 내내 즐겁게 웃고 떠들었지만, 서로의 메일 주소도, 연락처도 묻지 않았다. 내일이면 즐거운 한때를 뒤로하고 각자의 자리로 흩어질 것을 알기에 20대 배낭여행에서 만난 사이들과 같을 수가 없었다. 비록 짧게 스치더라도 그게 최선인 만남도 있는 것이다.

# 직업과 마음

*L'ouvrage à contre-coeur*

　남편은 공부를 잘했다. 남편이 쓴 글은 교수들도 늘 관심을 가지고 화제로 삼았다. 냉정하면서도 학생들에게 애정이 많았던 한 교수로부터는 "학생의 글을 읽는 시간이 즐겁습니다"라는 코멘트가 적힌 리포트를 돌려받기도 했다. 나는 곁에서 '공부는 이런 사람이 하는 거구나' 하는 생각으로 자괴감도 많이 느꼈지만, 공부의 재능은 따로 있음을 인정하게 됐다.

　결혼 후 나는 취직을 했고, 남편은 본격적으로 시나리오와 박사논문을 썼다. 영화를 만들고 싶은 둘 모두의 꿈을 (잠시) 접기로 하고 내린 현실적인 결론이었다. 그로부터 몇 해 동안 우리는 각자의 시간 속에서 각자의 방황을 했다. 차이가 있다면, 나는 그 결정을 시작으로 다른 세계로 계속 나아가고 있었고, 남편은 그 결정으로 인해 앞으로 나아가지 못하고 있었다는 것이다.

　남편은 교수나 학자를 꿈꾼 적이 없었다. 크게 노력하지 않아도 성적이 잘 나왔고, 영화 전공으로 유일하게 안정적인 직업이 교수였기 때문에 계속하기로 한 것이었다. 반쯤은 주변의 기대를 저버릴 수 없어서, 반쯤은 스스로에 대한 안일함으로. 이렇게 보면 사람이 어떤 일을 이루기 위해 필요한 것은 재능이 아니라 욕망과 의지가 아닌가 싶다.

　몇 해를 그는 지옥에서 살았던 것 같다. 매일 아침 출근하는 나에게 미안한 마음이 스스로를 다잡는 유일한 이유였다고 했다. 하지만 그게 논문을 끝낼 만큼의 동기부여는 되지 못했다. 논문을 마친 이후의 삶을 상상하는 일이 오히려 그를 가로막았다. 동료들과 경쟁하며 강의를 찾아다니고, 아무도 읽지 않을 논문을 쓰고, 무엇보다, 힘이 되어 줄 교수의 정치에 참여해야 하는 삶을 생각하면 숨이 막혔다고 했다. 그는 그곳의 문화와 사람들을 점점 더 좋아하지 않게 되었다. 아니, 경멸하게 됐다는 표현이 더 맞을 것이다.

　계속할 수도, 그만둘 수도 없는 굴레 속에서 그는 빠른 속도로 생기를 잃어 갔다. 그럼에도 그 몇 해 동안, 우리는 아무 일 없는 듯 일상을 계속했다. 저녁마다 함께 식사를 하면서 오늘 있었던 일들을 이야기했지만, 돌아보니 우리가 나눈 것은 나의 하루뿐이었다.

남편은 도저히 버틸 수 없는 마지막 순간까지 본인의 상태를 숨겼다. 그가 죽음까지 생각했었다며 담담하게 이야기할 때, 나는 힘든 줄은 알았지만 그 정도일 줄은 몰랐다고 말했다. 나는 정말 몰랐을까?

이게 아니면 안 되는 인생은 없다. 우리는 때로는 게으름으로, 때로는 두려움에, 스스로를 혹은 가장 가까운 누군가를 익숙하고 확실한 틀에 집어넣고 그 안에서 살아 주길 바란다. 나는 무의식적으로 그가 어떻게든 극복해 주기만을 바랐을 것이다. 틀 안에서 그가 느낄 고통은 애써 모른 척하면서. 그 대가로 나는 30대 중반이 되기도 전에 머리가 반백이 된, 지옥에서 돌아온 남편을 맞이해야 했다.

우리는 이제 추상적인 미래의 행복을 위해 스스로를 속이고 현재를 희생하는 선택은 하지 않기로 했다. 주변의 기대, 사회적 시선 따위는 다 던져 버리고 진짜 하고 싶은 일을 따라가기로 했다. 직업이 아닌, 일만 생각하기로 했다. 무엇을 하면 즐거울지를 고민했다. 그래서 지금 우리는 가벼워졌다. 남편은 와인 전문가 자격증을 땄고, 유통회사에 들어갔다. 늦깎이 회사원이지만 위낙 좋아했던 분야라 금방 자리를 잡았고, 진작 했으면 좋았을걸 그랬다는 생각이 들 정도로 즐겁게 지낸다.

흥미롭게도 그 회사에는 남편과 비슷하게 완전히 다른 분야에서 30대 초중반까지 일을 하다가 그만두고 들어온 사람들이 아주 많다. 모두 와인에 대한 열정으로 뒤늦게 제대로 공부를 시작해 일자리까지 바꾸게 된 경우다.

예를 들어 스테븐의 경우, 프랑스의 명품 의류 브랜드에서 마케팅 책임자로 근무했고, 그 분야의 경력만 10년이 넘는다. 그 정도 경력이면 분야를 옮기는 것이 현실적으로 손해였을 텐데, 내가 의아해하자 그는 고개를 끄덕이며 말했다.

"맞아. 오기 전까지 급여 수준도 꽤 높았고, 덕분에 파리 근교에 작은 샤토(성)도 하나 샀지. 돈은 많이 모았는데, 어느 순간 위기감이 들었어. 그 일을 평생 하고 싶지는 않았거든. 이제 조금씩 내가 하고 싶은 일을 시작해야겠다는 생각을 하게 됐고, 예전부터 와인 일에 관심이 있어서 오게 됐어."

별일 아닌 듯 이야기했지만, 그는 이 일을 위해 많은 노력을 하는 중이었다. 입사하기 전엔 와인 전문가 자격증을 따기 위해 1년 동안 와인 학교에 다녔다고 했다. 그동안 벌어 놓은 돈이 많은 덕분이라고 쉽게 이야기했지만, 아무리 통장 잔고가 두둑해도 가벼운 결심이라고는 볼 수 없다.

또 다른 동료인 필립도 비슷하다. 그 또한 마케팅을 전공하고 마케터로 독일의 한 유명 광고회사에서 근무했다. 그는 20대 때부터 와인을 좋아했고, 언젠가 제대로 공부해 보고 싶은 욕심이 있었다. 그러다가 몇 해 전, 프랑스의 유명 주류 브랜드 광고를 만들게 됐고, 그 일을 계기로 본격적으로 와인업계로 뛰어들기로 결심했다.

이 회사에는 이들 말고도 건축, 디자인, 회계 등 다양한 일로 20대를 보내고 온 30대의 신입 직원들이 많이 있다. 비슷한 나이의 그들은 사적으로도 자주 모이고 단체메시지도 수시로 나누며 끈끈한 관계를 이루고 있는데, 대화 주제는 거의 하나, 와인이다. 새로 입고된 와인부터 주말에 맛본 와인, 이와 함께 곁들인 음식, 출장 가서 만나고 온 와인 제조자, 최근 느끼는 트렌드까지. 와인 하나로 그토록 많은 이야기를 나눌 수 있다는 게 놀라울 정도다.

이들을 보고 있자면 좋아하는 일을 직업으로 한다는 게 이런 거구나 싶어 스스로를 돌아보게 된다. 직장 동료는 직장에서만 만나고, 퇴근과 동시에 회사 일은 최대한 잊어야 행복수치가 높아진다는 생각이 이제 원칙이 됐는데, 퇴근 후 일의 연장선상에서 즐거워하는 남편을 보면 문득 '내가 틀렸나?' 질문을 던지게 되는 것이다.

현재 직장인인 내 주변의 30대 프랑스인 친구들에게 미래의 목표를 물었을 때, 직장 안에서의 승진을 이야기하는 사람은 없다. 한 직장에 5년 이상을 머무는 사람도 드물고, 조직에 대한 믿음과 애정도 예전과는 다르다. 대부분의 친구들은 작고 소박하더라도 언젠가 자기가 좋아하는 일로 자기 회사를 창업하고 싶다는 꿈을 이야기한다. 거창하게 4차 산업혁명까지 거론하지 않아도, 확실히 스타트업이 흔해지고, 컴퓨터 하나로도 창업이 가능한 시대적 배경 때문일지도 모르겠다.

자본주의 사회에서 모든 노동은 고되고 괴롭다. 경쟁은 끝이 없고 인간성을 훼손하지만, 우리는 어쩔 수 없이 그 안에서 살아야 한다. 우리는 이제 '행복한 직장인' 같은 것은 불가능함을 안다. 그러니 그 괴로움을 피할 수 없다면, 어차피 해야만 하는 거라면, 당장 각자의 인생에서 최소한의 재미라도, 혹은 의미라도 있어야 하는 것이다.


경제적 감각은 현실적인 것으로 평가하면서 마음의 감각은 필요 이상으로 과소평가해 왔는지도 모르겠다. 생각해 보면 마음을 따르는 것이야말로, 더 효율적으로 살 수 있는 지름길이다. 애초에 마음을 따랐다면 남편에게 적성에 맞지 않는 학과에 들어갔다가 자괴감으로 방황하는 시간도 없었을 것이고, '해야만

한다'는 생각으로 되고 싶지도 않은 교수직을 위해 허비하는 시간도 없었을 테니까. 하지만, 그걸 처음부터 알았다면 우리는 젊은이가 아니었겠지. 그러니 인생의 효율은 이 길이 아닌 걸 알았을 때 스스로를 보호하기 위해 과감하게 중단하는 힘에서 비롯되는지도 모른다.

나는 아직도 파리의 강변을 지날 때마다 가슴이 서늘하다. 어느 화창한 날 아침, 도서관을 향해 걷던 남편이 그 강물을 오래도록 바라보고 있었을 것 같아서. 내가 그의 등을 떠밀고 있었던 것은 아닐까 싶어서. 돌아보면 빛나는 나이였던 그 시기에, 우리는 도대체 무얼 바라서 참고 참으며 살았나 싶어서. 그리고 생각한다. 지금 이 순간 또한 먼 훗날의 나에게 빛났던 젊음일 것을. 내 마음은 지금 어떤가? 지금 무엇을 애써 외면하고 모르는 척하고 있는가.

# 다른 삶들의 연대를 상상하며

태어나고 자란 모국어의 나라를 떠나 이방인이 되거나, 청춘을 바친 일을 중단하고 완전히 낯선 영역을 개척하거나, 가지고 태어난 성별을 다른 성별로 바꾸거나, 동성을 사랑하거나, 가족을 만들지 않고 살거나, 가졌던 가정을 등지고 나온 삶. 여기에는 공통점이 있다. 사회적 다수에 의해 만들어진 '일반적인 모양'과는 조금 다른 삶이라는 점이다. 이 책을 쓰고 나서 알았다. 내 의지로 선택하는 새로운 삶은, 이전의 삶과도 다르지만 다수의 삶과도 다르기 쉽다.

이 말은 곧 이렇게도 정리될 수 있다. 우리 삶의 보편성은 그만큼 쉽게 상실되고, 우리 중 누구라도 소수자가 될 수 있다고. 그러니 스스로의 뜻에 따라 살아가는 사람이 많은 사회에서는 보편성이라는 말이 큰 의미가 없게 된다.

이 책은 자발적으로 이방인이 된 나의 이야기에서 시작하지만, 책을 쓰는 시간은 도처에 '다른 삶'이 있음을 알아 가는 여정이었다. 나만 다른 것도, 그 어떤 사람만 다른 것도 아니라고 생각하니 왠지 편안해진다. 나의 다름은, 타인의 다른 삶과 더불어 길러질 수 있다. 우리에게 '다름의 연대감'이 필요한 이유다. 결국 이 말을 쓰기 위해 여기까지 달려왔나 보다. 타인의 다른 삶을 존중해야 나의 다른 삶 또한 가치 있다고.

타고난 환경을 뛰어넘어 새로운 삶을 만들어 가는 사람들에게 나는 자주 매료됐다. 그리하여 언젠가 꼭 '새로 시작하는 삶'에 관해 쓰고 싶었다. 간직해 온 소망을 처음 꺼내 놓은 것은 2018년 《외로워서 배고픈 사람들의 식탁》을 출간하며 어떤책의 김정옥 대표를 만나서였다. 내 마음속 오랜 프로젝트는 그렇게 구체적인 이름을 달고 세상에 나왔다.

하지만 오랜 세월이 무색하도록 이후 나는 글을 쓰지 못했다. 3년이 넘는 시간 동안 매일같이 생각했다. 내가 이 책을 과연 쓸 수 있을까, 하고. 쓰는 일의 의미에 대해서도 깊이 고민했다. 결과적으로 이 책의 집필 과정은 나의 성장 과정이기도 하다. 지금까지 출간한 책들 중 나를 가장 많이 담은 책이 됐다. 그리고 이 책을 본격적으로 써 나갔던 지난 한 해의 가장 큰 수확은, 글쓰기를 의심하는 일에 마침표를 찍은 것이라 하겠다.

이 책은 나의 경이로운 편집자, 김정옥 대표의 믿음과 인내로 완성됐다. 그가 아니었다면 나는 이 책을 쓰지 못했을 것이다. 행간에 숨겨 놓은 두려움과 염려, 거친 호흡까지 모두 읽어 내고 배려하는 그의 능력에 자주 숨죽이며 감탄했다. 앞으로 내가 계속 글을 쓸 수 있다면, 모두 그의 덕이다.

이 책을 쓰면서, 자주 나의 엄마에게 가닿고 싶었다. 나이 듦 앞에서 자주 딸의 빈자리가 사무칠 먼 곳의 엄마를 생각한다. 딸의 선택으로 더불어 예기치 않은 삶을 맞이한 엄마에게, 이 책이 위로가 되면 좋겠다.

2022년 몽마르트르 언덕과 에펠탑 사이
커다란 창문 앞에서

곽미성

# 다른 삶

Une Autre Vie
(Le plaisir de devenir étranger pour recommencer la vie)

ⓒ 곽미성, Printed in Korea

1판 2쇄  2023년 6월 10일
1판 1쇄  2022년 2월 25일
ISBN  979-11-89385-26-2

지은이. 곽미성
펴낸이. 김정옥

편집. 김정옥, 조용범, 눈씨  마케팅. 황은진  디자인. 모스그래픽 석윤이
종이. 한승지류유통  제작. 정민문화사  물류. 출마로직스

펴낸곳. 도서출판 어떤책  주소. 03706 서울시 서대문구 성산로 253-4 402호
전화. 02-333-1395  팩스. 02-6442-1395  전자우편. acertainbook@naver.com
블로그. blog.naver.com/acertainbook  페이스북. www.fb.com/acertainbook
인스타그램. www.instagram.com/acertainbook_official

안녕하세요, 어떤책입니다. 여러분의 책 이야기가 궁금합니다.

블로그 blog.naver.com/acertainbook
페이스북 www.fb.com/acertainbook
인스타그램 www.instagram.com/acertainbook_official

점선을 따라 가위로 오려서 보내 주세요. 우표 없이 우체통에 넣으시면 됩니다. ✂

보내는 분

이메일

주소

이름

03706 서울시 서대문구 성산로 253-4 402호

도서출판 어떤책

우편요금
수취인 후납
발송유효기간
2023.7.1~2025.6.30
서대문우체국
제40454호

점선을 따라 가위로 오려서 보내 주세요. 우표 없이 우체통에 넣으시면 됩니다. ✂

저희 책을 읽어 주셔서 감사합니다. 독자엽서를 보내 주시면 지난 책을 돌아보고 새 책을 기획하는 데 참고하겠습니다.

1. 《다른 삶》을 구입하신 이유

2. 구입하신 서점

3. 이 책에서 특별히 인상 깊은 부분이 있다면 무엇인가요?

4. 괴마성 작가에게 하고 싶은 말씀이 있다면 들려주세요. 대신 전해 드립니다.

5. 출판사에 하고 싶은 말씀이 있다면 들려주세요.

보내 주신 내용은 어면체 SNS에 무기명으로 인용될 수 있습니다. 이해 바랍니다.